Trans+

Silent Macabre

SM 30
食人輓歌
Cadáver exquisito

作 者：奧古斯蒂娜．巴斯特里卡（Agustina Bazterrica）著
譯 者：劉家亨
責任編輯：翁淑靜
封面設計：呂瑋嘉
內頁排版：洪素貞
校對：陳錦輝
法律顧問 ：董安丹律師、顧慕堯律師
出版：小異出版
臺北市 105 南京東路四段 25 號 11 樓
TEL：(02)87123898 FAX：(02)87123897
e-mail:locus@locuspublishing.com
www.locuspublishing.com
發行：大塊文化出版股份有限公司
臺北市 105 南京東路四段 25 號 11 樓
讀者服務專線：0800-006689
TEL：(02) 87123898 FAX：(02)87123897
郵撥帳號：18955675
戶名：大塊文化出版股份有限公司

總經銷：大和書報圖書股份有限公司
地址： 新北市新莊區五工五路 2 號
TEL：(02) 89902588 FAX：(02) 22901658
初版一刷：2020 年 2 月
定價：新台幣 380 元

食人輓歌 / 奧古斯蒂娜 . 巴斯特里卡 (Agustina Bazterica) 著 ;
劉家亨譯 . -- 初版 . -- 臺北市 : 小異 , 2020.02
面； 公分
譯自 : Cadáver exquisito
ISBN 978-986-97630-2-8(平裝)

885.7257 108021791

食人輓歌 Cadáver exquisito

奧古斯蒂娜・巴斯特里卡（Agustina Bazterrica）著

劉家亨 譯

【導讀】

精緻屍體：食用人上桌

◎陳小雀（淡江大學西語系、拉丁美洲研究所教授／淡江大學國際長）

人類與動物的關係十分密切，動物係人類最早的衣食來源，正如《禮記・禮運》所云：「未有火化，食草木之食，鳥獸之肉，飲其血，茹其毛，未有麻絲，衣其羽皮。」與火邂逅之後，人類藉火取暖、照明，以火抵禦猛獸、烹調食物，並用火燒陶、製銅、鑄鐵、冶金……科學在火的淬煉下誕生，炊事也經過火的鍛造而燒出精緻的餐桌文化。動物肉品經過火的烹調，味道竟然更為可口，更容易被消化。為了獲得更多肉品來源，人類不斷精進狩獵技巧，進而馴養野生鳥獸，並發展出畜牧業。

人類食用動物，將動物當成役獸、馱獸，協助開創歷史。人類為了娛樂需求，而有人獸格鬥表演，並衍生出「動物園」。人類為了自身利益，以動物做為醫學實驗。人類在馴化動物過程中，與動物建朋友關係，「寵物」因而誕生。毋庸置疑，動物對人類貢獻頗多。

自中世紀盛期以降，牛、羊、豬等肉品即爲歐洲餐桌上的要角，肉品不易保鮮，一般以食鹽或香料處理。哥倫布（Cristoforo Colombo, 1451?-1506）爲了到東方取得肉桂、丁香、肉豆蔻等香料，促成大航海時代的來臨，並無意中來到美洲。美洲儼然《聖經》裡神所允諾的新天新地，馬、牛、羊、豬等家畜因而隨著拓殖者來到美洲，改變美洲飲食文化。其實，史前時代馬曾存在於美洲，只是後來在更新世末期滅絕；另外，美洲雖有其原生種的野牛（búfalo / bisonte），但不易馴養。於是，來自歐洲的動物參與拓殖行動，對美洲影響深鉅，如今畜牧業成爲美洲的重要經濟命脈之一，其中養牛業的經濟利益極高，占所有畜牧業的八成之多。

在西班牙殖民時期，拓殖者放眼於阿根廷的遼闊草原，以畜牧業爲生，建立了富庶的草原經濟，頗具地方民俗色彩的高卓（gaucho）文化[1]也因應而生。十八世紀，阿根廷肉商以鹽醃漬肉品，出口至美國。肉品人工冷藏法於一八七二年發明後，阿根廷曾因此成爲世界上重要的牛肉供應地，首都布宜諾斯艾利斯躍升爲美洲第二大城，僅次於紐約。一九二〇年代的阿根廷，名列世界十大富庶之地，社會菁英時常赴歐洲度假，闊綽奢華程度羨煞了歐洲人，巴黎社交圈甚至將阿根廷人視爲財富的代表，而流傳著一句用詞：「如此富裕儼如阿根廷人」（Tan rico como un argentino）。

不必諱言，布宜諾斯艾利斯的繁華建立在無數動物的哀號上，尤其瀕臨死亡時的淒厲叫聲，令人膽顫心驚。布宜諾斯艾利斯的牲畜市場與屠宰場設在城西的馬塔德羅斯（Mataderos）社區，其西班牙文原意即「屠宰場」的複數，如此命名顯出當地屠宰業的興盛。十九世紀末葉，馬塔德羅斯是鄉村進入城市的門戶，來自彭巴草原的高卓人由此將大批牲畜趕進市場販售，接著，一頭又一頭的牲畜被送進工廠化的屠宰場，牲畜的血水流入社區內的小河西爾達聶茲（Cildáñez），小河因此又名爲「血河」，而馬塔德羅斯則被稱爲阿根廷的芝加哥[2]。

1 高卓人（或譯為高喬人）為南美洲大廈谷（Gran Chaco）莽原、彭巴（Pampa）草原、巴塔哥尼亞（Patagonia）高原的半遊牧族群，係西班牙人與原住民的混血人種，分布範圍擴及阿根廷、智利、烏拉圭、巴拉圭、玻利維亞、巴西等國。高卓人自成一個以草原為家的生活體系，鎮日與牛馬為伍，善於馬術，飲馬黛茶，生活行事獨特。

阿根廷人口四千四百餘萬，牛隻數量約人口的一點二倍。以牛肉爲大宗的肉品除了供國內消費之外，主要銷往美國、日本、俄羅斯、中國、香港、南韓、歐盟、馬來西亞、埃及等地。一般而言，阿根廷人相當「嗜肉」，平均每人每年約消費一百一十五公斤的肉品。的確，一提到阿根廷風味獨特的碳烤（asado a la parrila），不禁令人垂涎三尺。倘若有一天，牲畜全染上了疫病，餐桌上再也無法端出牛排、羊腿、豬蹄、雞胸時，那麼，人類會克制舌尖上的挑剔，而對肉品忌口嗎？

阿根廷新銳作家奧古斯蒂娜·巴斯特里卡（Agustina Bazterrica, 1974~）以《食人輓歌》（Cadáver exquisito）揭露人類「嗜肉」成癮，在沒有牲畜可食的情況下，而改吃人肉。爲了確保肉品的來源，人類開始豢養「食用人」。「食用人」如牲畜一般，額頭上遭烙印記號，被關在畜棚裡。小說原文標題極爲震撼，乃「精緻屍體」之意，令人遐想，作者更以「精緻屍體」爲橋段，鋪陳主人翁與外甥之間的對話，藉孩子們的遊戲，勾勒出一個二分法的人類世界，亦即，「食人者」與「被食者」。既然「食用人」取代了動物，那麼，「牠」會如「寵物」一般，慰藉「主人」的孤寂嗎？

「精緻屍體」一詞源自一九二〇年代的歐洲，係一種兒童文字遊戲，起初被稱為「結果」（consecuencias），後來演變成超現實主義作家與藝術家的創作遊戲，藉以激發創作靈感。遊戲可以字彙或圖案進行，亦可自定規則，例如：名詞—形容詞—動詞之書寫順序。參加者通常三至五人，按照遊戲規則，依序在一張紙條上寫下字彙，並將所寫的字彙摺疊遮住，待最後一人完成後，才打開紙條揭曉內容而完成集體創作；因此，出現了「精緻屍體將喝新葡萄酒」（Le cadavre–exquis– boira–le vin–nouveau）的法文接龍句子，內容突破傳統，看似不合邏輯，卻是理性程序下所產生的非理性結果。簡言之，「精緻屍體」是超現實主義者的創作策略，在潛意識狀態下，或寫出、或畫下「屍體」的各部位。

奧古斯蒂娜．巴斯特里卡以《食人輓歌》贏得二〇一七年的號角小說獎（Premio Clarín de Novela），這是阿根廷號角集團（Grupo Clarín）於一九九八年所設置的重要文學獎，至今已頒發了二十二屆。得獎者不僅獲得三十萬披索的獎金（約五千

2 芝加哥曾是屠宰業的重鎮，於十九世紀初採取高效率的移動式屠宰法，分解一頭牛只需十五分鐘時間。據信，亨利．福特（Henry Ford, 1863~1947）從這種移動式屠宰法得到靈感，而將之運用於汽車生產上。

美元），並能在號角集團的贊助下，於西班牙豐泉出版社（Editorial Alfaguara）出版得獎作品。豐泉出版社總部設在馬德里，但在拉丁美洲十四個西語國家及波多黎各亦設有分社；質言之，作品一旦在豐泉出版，便能打開全球的西語市場，有機會躋身國際文壇。

闔上《食人輓歌》，整理思緒，不由爲奧古斯蒂娜．巴斯特里卡喝采。正如其書名原意，《食人輓歌》以如此充滿隱喻的前衛書寫，建構了一個反傳統的虛幻社會，小說本文儼然「夢的解析」，誘發人類在潛意識裡的野性，殘酷、霸道、貪婪、自私一一流洩而出。再次審度，《食人輓歌》藉人吃人的驚悚情節，凸顯人類「嗜肉」成癮的病態，爲了口腹之欲，對牲畜的哀號充耳不聞，爲了經濟利益，過度開發畜牧業，導致糧食作物耕地銳減，同時也引發森林大火、汙染環境等生態浩劫。

《食人輓歌》寓意深遠，大膽診斷你我不願正視的「嗜肉」病症！

謹以此書獻給我的弟弟，岡薩羅．巴斯特里卡（Gonzalo Bazterrica）

被觀看之物從不曾蟄居於被述說之物中。

——吉爾・德勒茲[3]

他們喝著我心臟的汁液／將我的大腦啃食殆盡／睡前唸故事給我聽

——帕特里西歐國王和他的瑞可塔乳酪球[4]

---

3 吉爾・德勒茲（Gilles Deleuze, 1925~1995），法國後現代主義哲學家。此段文字出自《德勒茲論傅柯》（Foucault, 1986）。

4 帕特里西歐國王和他的瑞可塔乳酪球（Patricio Rey y sus Redonditos de Ricota）為阿根廷搖滾樂團。此段文字引自〈我，食人魔〉（Yo, caníbal）一曲的歌詞。

第一部

……牠的表情如此像人類，令我心生恐懼……

——萊奧波爾多．盧貢內斯5

5 萊奧波爾多．盧貢內斯（Leopoldo Lugones, 1874~1938），阿根廷作家，作品涵蓋詩歌、劇本、散文、長篇小說和短篇小說等。此段文字引自短篇小說集《古怪的力量》（Las fuerzas extrañas, 1906）中之〈伊蘇〉（Yzur）。

1

剖半的屠體。致昏作業員。屠宰作業線。灑水沖洗。這些字眼出現在他的腦中，敲打著他，擊垮他。但這些詞彙不只是文字，更是鮮血、濃濁的腥味、自動化、麻木。詞彙乘其不備，在夜裡闖入。他醒了過來，渾身大汗，因爲他知道，明天他又得屠宰人類。

才沒有人這麼叫牠們，他心想，同時點了一根香菸。必須向新進員工解釋肉品的生產週期時，他從不使用人類這個字眼。稱呼牲口爲人類會害他被逮捕，甚至會害他被送到市立屠宰場加工製成肉品。但更精確來說——雖然不被允許這麼說——是害他被謀殺。他一面脫下被汗水浸透的 T 恤，一面試著擺脫腦中揮之不去的想法：牠們就是人類，被飼養成爲可食用的動物。他走向冰箱，倒了一杯冰水，慢慢喝下肚。他的大腦提醒他這世界被某些詞彙掩飾著。

有些詞彙很恰當，很衛生。且符合法律。

他打開窗戶。天氣炎熱得令他窒息。他在窗邊抽著菸，呼吸夜晚凝滯的空氣。從前屠宰牛和豬還算簡單，他在艾爾希普雷斯肉品加工廠習得宰殺牲畜的技法。艾爾希普雷斯是他父親的肉品加工廠、他所繼承的肉品加工廠。沒錯，豬隻被人翻過來時發出的啼叫聲可能會把人嚇得動彈不得，但作業人員各個佩戴隔音耳罩，豬隻的慘叫聲儼然和一般的噪音沒兩樣。現在，他是老闆的左右手，負責監督並培訓新進員工。教人屠殺，比屠殺本身還糟糕。他將頭探出窗外，呼吸黏稠炙熱的空氣。

他好想麻醉自我，好想在什麼都感受不到的狀態下度日。無意識地行動、觀看、呼吸，就這樣。冷眼旁觀，知情，而不說。但回憶就在那兒，一直都在那兒。

媒體堅持將這段日子稱之為「過渡期」，許多人也就採納了這個說法。但他則不，因為他知道「過渡期」一詞不足以說明這個過程有多短暫、多無情。這個字眼將一件無法度量的事件簡化歸類，是一個空洞的詞彙。「改變」、「變化」、「轉化」，這幾個同義詞看似有著相同的意思，但選擇其一，則說明了每個人對世界的獨特見解。所有人都將食人視為理所當然的事，他心想。「食人」，另外一個會帶給他大麻煩的字眼。

他記得當局宣布 GGB 病毒存在的那一天。集體恐慌、自殺、恐懼。GGB 危機爆發後，人們無法繼續食用動物，因爲動物染上了會害人類致命的病毒。這是官方的說法，草草幾句話必然有其影響力，把我們哄得一愣一愣的，壓制了所有質疑的聲音，他心想。

他赤腳在家中走來走去。GGB 病毒事件後，世界澈底改變了。人們試過各種疫苗和解毒劑，但病毒頑強抵抗，進而突變。他記得有些報刊文章稱這是純蔬食者的復仇，有些報導則把人類對動物施加的暴力行爲全搬上臺面，有些醫師上電視節目解釋蛋白質短缺該吃什麼替代品，有些記者證實這種動物性病毒至今仍無藥可治。他嘆了一口氣，點了另一根菸。

他孤零零的一人，老婆跑回娘家了。他已不再想念她，但家中有股冷清的感覺，令他不能成眠，令他心思紊亂。他從書架上拿起一本書。他已經沒有睡意，打開電燈，開始閱讀，但又把燈關了。他摸了摸手上的疤。那是一道陳年的疤痕，已經不會痛了。是一隻豬惹的禍。當年他很年輕，還只是個學徒，以爲對肉品不必懷有敬意，結果有一天被肉品咬了一口，整隻手差點被啃下來。領班和其他作業員見狀笑個不停。你受洗啦，他們老愛這麼對他說。父親什麼話都沒說。被那隻豬這麼一咬，他在大家眼中不再是老闆的兒子，而是成了團體的一份子。但這個團體並不存在，艾爾希普雷斯肉品加工廠也不存在，他心想。

他一把抓起手機。他有三通岳母的未接來電。沒有半通是他老婆打來的。

天氣炎熱難耐，他決定洗個澡。他打開蓮蓬頭，一頭探入冰涼的水中。他想抹除那些久遠的畫面，那些纏著他不放的回憶。一堆又一堆被活活燒死的貓貓狗狗。只消被牠們抓一下，便必死無疑。貓狗屍肉燒焦的氣味瀰漫了好幾個星期。他記得有些團體身穿黃色防疫裝，夜晚在社區四處巡邏，不管碰到什麼動物，見一隻殺一隻，殺完再放火焚燒。

冰冷的水打在他背上。他坐在淋浴間的地板，緩緩地搖頭，但就是沒辦法不去回想那些事。有些團體開始殺人，開始背地裡偷偷吃人。有一起事件曾登上媒體版面：兩名失業的玻利維亞人遭一群鄰居攻擊，被五馬分屍後拿去碳烤。讀到這則新聞時他渾身雞皮疙瘩。這是第一起攤在陽光下的醜聞，也在社會大眾心中植入了一個想法：到頭來，肉就是肉，打哪兒來的並不重要。

他抬起頭，讓水打在他臉上。他希望水滴能讓他的腦袋放空，但他知道回憶就在那兒，一直都在那兒。有些國家的外來人士開始集體失蹤。移民、社會邊緣人、窮人，他們被追殺，躲不過被屠宰的命運。食人是一項龐大商機的產業，但發展停滯不前，各國政府礙於壓力，最終落實食人合法化，肉品加工廠紛紛轉型，相關法規因應調整。不出多久，人類就開始被當作家畜飼養，供給龐大的肉品需求。

他走出淋浴間，隨便擦了擦身子，一照鏡子，看見自己的黑眼圈冒了出來。曾經有人嘗試提出一種理論，他也支持那個理論，但公開提出的人全被封口了。某位最具權威的動物學家在發表的期刊中指出，什麼病毒的全是子虛烏有，結果好死不死就出了場意外。他認爲所謂的病毒是一種表象，目的是爲了減少過剩的人口。打從他有記憶以來，一直有人提到資源短缺。他記得有些國家動盪不安，比方中國，人口密度過高，人民互相殘殺，但沒有任何一家媒體由這個角度報導這起新聞。父親常常告訴他世界會爆炸。「地球要爆炸了，隨時都會爆炸。走著瞧吧，兒子，要嘛就是地球爆炸，要嘛就是我們全死於某種瘟疫。你看看中國，人口多得跟什麼一樣，根本塞不下，那裡的人們已經開始互相殘殺了。我們這裡呢，這裡還有地方，但我們就要沒水喝了，就要沒糧食吃了，就要沒空氣呼吸了。一切就要萬劫不復了。」他有些難過地看著父親。他覺得父親老是愛說一些老人才會說的話，但現在，他知道父親說得有道理。

人口肅清直接帶來了其他好處。人口減少、貧窮指數下降，有肉吃了，雖然肉品的價格居高不下，但市場急速成長。人們發起大規模抗議行動，進行絕食抗議，人權團體發出聲明反對。同一時間，影響公衆看法的報刊文章、研究和新聞如雨後春筍般冒了出來。多間知名大學堅稱人類必須攝取動物性蛋白質才得以維持生命，許多醫師證實植物性蛋白質並不具備所有必不可少的氨基酸，許多專家保證二氧化碳的排放量下降了，但營養不良的問題增加了，許多雜誌開始渲染蔬食的黑暗面。抗議的焦點越來越模糊，媒體宣稱爲動物性病毒致死的案例依舊層出不窮。

炎熱的氣溫依然悶得他喘不過氣。他裸著身子走向屋外的迴廊。空氣不流通。他躺在吊床上，試著睡覺，但一而再、再而三地想起同一段廣告。一位外表美艷動人、但穿著保守的女人爲丈夫和三位孩子端上晚餐，接著望向攝影機，開口說：「我給家人特別的食物，跟以往一樣的肉，但更加美味。」所有人笑容可掬地吃肉。政府、他的政府決定重新定義肉這項產品。人類的肉被稱爲「特級肉」，不再單純只是「肉」，而是「特級里肌」、「特級肋排」、「特級腎臟」。

他並不稱人肉爲特級肉。他使用各種術語來稱呼這個其實是人類，但永遠不會被當作人看待，永遠只是一種肉類產品。那是待加工的牲口數量，是在卸貨碼頭等待的牲畜群，是必須保持不間斷且規律速度的屠宰作業線，是應該被當作肥料售出的排泄物，是內臟處理區。任何人都不可以稱牠們爲人類，因爲這麼做等於是賦予牠們身分。大家都稱牠們爲產品、肉，或是糧食。除了他以外，他多希望不必叫牠們任何名字。

2

他總是覺得通往鞣革廠的路很長。那是一條筆直的土路，左右兩側空蕩蕩的田野綿延數公里。從前田野中有乳牛、綿羊和馬。現在空無一物，一眼望去什麼都沒有。

手機響了。他在路邊停車，接聽岳母的來電。他告訴岳母自己正在開車，現在不方便說話。岳母說話很小聲，竊竊私語著，告訴他塞希莉雅好多了，但還需要時間，現在還不能回去。他沒有答話。岳母掛斷電話。

鞣革廠瀰漫著廢水摻雜著毛髮、泥土、油料、鮮血、穢物、脂肪和化學藥劑的氣味，令他感到十分壓迫。還有浦見先生也是。

荒蕪的景色令他不由自主回想起一件事。他再次問自己，爲什麼還繼續幹這行。高中畢業後，他只在艾爾希普雷斯肉品加工廠工作了一年，之後決定讀獸醫，父親同意了，也爲他感到高興。然而，不久後動物性病毒爆發，父親發瘋，他便回家了。醫師診斷父親罹患老年痴呆症，但他知道父親其實是無法承受過渡期。許多人重度憂鬱自殺，有些人與現實劃清界線，有些人只是互相殘殺。

他看見一面告示牌上寫著「人皮鞣革廠，三公里」。鞣革廠的老闆浦見先生是日本人，這世界的一切他大致都討厭，對皮革情有獨鍾。

他一面驅車駛過荒涼的道路，一面緩緩搖著頭，不願回想起來，但還是回想起來了，想起父親說書本會在夜晚監視他，想起父親指控鄰居是職業殺手，想起父親和過世的母親一起跳舞，想起父親穿著內褲在田野間迷路，對著一棵樹高唱國歌，想起父親被送入安養院，想起父親爲了還債、也爲了不要失去家裡的屋子，把肉品加工廠賣掉，想起父親呆滯無神的眼神。時至今日，他去探望父親時，父親的眼神也是如此空洞。

他走進鞣革廠，感覺胸口被重擊了一下。廠內瀰漫著延緩皮革腐爛過程的化學藥劑的氣味，令人窒息。所有人在一片死寂中默默工作。第一眼望去，這場面幾近超凡，一股深具禪意的寂靜，然而，所有人默不作聲，是因爲浦見先生的緣故。浦見先生自高處的辦公室觀察所有人的一舉一動，不只探出頭來監控員工，更在廠房四處架設了監視器。

他上樓來到辦公室。他從來都無須等候，每次總有兩名日本籍女祕書招呼他，也不問他要不要，便端來一只裝有紅茶的透明茶杯給他。浦見先生總是一副笑瞇瞇的模樣。他不看人，而是測量人。他感覺每次浦見先生看著他時，其實正在計算若就地把他宰了，扒皮削肉，可以從他身上取下多少公尺的原皮。

辦公室簡約優雅，但牆壁上掛著一幅米開朗基羅《最後的審判》的廉價複製畫。他見過這幅畫很多次，但唯獨這天注意到畫中有個人物手裡拿著一張剝下的人皮。浦見先生觀察他，盯著他不安的臉孔，猜測此刻他在想些什麼，接著告訴他那個人物是一名殉道者，遭剝皮而亡的聖徒巴托羅繆。浦見先生說他覺得那是畫龍點睛。他點點頭，什麼話都沒說，因為他覺得那是畫蛇添足。

浦見先生的話匣子開了，說起話來激昂陳詞，彷彿正在向一群廣大的聽眾揭發一系列天大的眞相，口沫橫飛，嘴唇閃閃發亮。浦見先生的嘴唇像是魚或是癩蛤蟆的嘴唇，有點濕濕彎彎的，身上有鰻魚的影子。他只是默默看著浦見先生，因為浦見先生的長篇大論基本上都是老調重彈，每回拜訪鞣革廠都是聽他說這些。他感覺浦見先生需要透過話語來加固現實，彷彿這些話創造且支撐他所生活的世界。他一語不發地想像這一切，同時辦公室的牆壁開始慢慢消失，地板溶解，日本籍女祕書們全陷入半空中，蒸發。他看見這一切，因爲他渴望這一切。然而，這一切永遠不會發生，因爲浦見先生開始聊起各種數據，以及他最近試用的化學藥劑和染料，似乎把他當作一竅不通的門外漢，向他解釋現在鞣革有多辛苦，跟他解釋雖然人皮的顆粒最小，是自然界中最柔軟的皮，但他好想念牛皮。浦見先生拿起電話，用日語說了些什麼，隨後一名祕書捧著一本厚厚的活頁資料夾走進辦公室。浦見先生翻開資料夾，向他展示各式各樣的人皮，觸摸皮革的方式，彷彿皮革是某種儀式的用品。浦見先生向他解釋該如何避免牲口在運送途中受傷，以防皮革產生瑕疵。他盯著那本資料夾，這是浦見先生第一次給他看這本資料夾。浦見先生把資料夾推向他，但他沒有碰。浦見先生用手指指著一張十分白皙、上頭畫有幾個記號的人皮，並告訴他這張人皮是價格最昂貴的皮革之一，無奈有著很深的傷口，他不得不將很大一部分全捨棄。浦見先生一再重複告訴他只有表皮的傷口掩飾得了，說他特別爲了他整理了這本資料夾，讓他拿給肉品加工廠和養殖場的人看，要他們搞清楚哪些皮需要特別用心處理。浦見先生站起身，從抽屜拿出一張圖，接著遞給他，說他已經把新的設計圖稿寄出了，但圖稿還有需要改進的地方，因爲剝皮時下刀裁切的方

但他不發一語，微微笑了笑。

浦見先生從來不送他到門口，但這回陪他一起下樓。離開前，兩人在一個浸灰桶旁駐足。浦見先生監督一名工作人員將幾張仍帶有毛髮的人皮塞入桶內。應該是某間養殖場送來的吧，他心想，因爲肉品加工廠送來的人皮都澈底除毛了。浦見先生做了個手勢，一名工作人員現身，對另一名正在將一張新鮮人皮削肉的作業員吼了幾句，彷彿對方的工作方式有問題。作業員顯然是效率不彰，該工作人員試著幫他開脫，向浦見先生解釋削肉機的滾軸壞了，他們不習慣手工削肉。浦見先生做了另一個手勢，打斷那名工作人員的話。工作人員鞠躬後便離開了。

兩人接著走向鞣革滾筒。浦見先生停下腳步，跟他說他想要黑色的人皮，話就說到此，沒多做解釋。他對浦見先生撒謊，答說有一批牲口馬上就要送到肉品加工廠了。浦見先生點點頭，和他道別。

每次離開這間鞣革廠之前，他都需要留下來抽根菸。總會有某個員工來到他身旁，和他訴說浦見先生幹過的殘暴行徑。傳聞早在過渡期之前，浦見先生就在殺人取皮，他家裡的牆壁全包了人皮；還聽說他把人囚禁在地下室，享受把人活活剝皮帶給他的巨大快感。他不明白爲什麼鞣革廠的員工們總愛跟他說這些。什麼事都有可能發生，他心想，但他唯一確切知道的事情，就是浦見先生以恐懼做爲統治手段，經營他的生意，而且這招還很管用。

他步出鞣革廠，感覺解脫，再一次問自己爲什麼要承受這一切。一直以來答案始終如一。他知道自己爲什麼做這份工作，因爲他是最一流的行家，也掙得一流行家該掙得的薪水，因爲除了這行以外，他一竅不通，因爲父親的健康狀況需要他繼續幹這行。

有時候，一個人必須承擔整個世界的重量。

3

他們與好幾間養殖場合作，但跑業務時，他只拜訪供應量最大的廠商。從前他們和葛雷洛．伊勢拉養殖場配合，但產品品質下滑，有些送來的牲口性情粗暴，牲口越是粗暴，致昏作業就越難執行。必須和陶德．沃德列格養殖場確定第一批買賣時，他登門拜訪過，但這是他第一次將這間養殖場列入業務拜訪名單。

進到陶德．沃德列格養殖場前，他撥了通電話給父親的安養院。接聽的人是奈莉妲。這女人以過度的熱忱打理一些其實自己一點都不感興趣的事。表面上奈莉妲的嗓音聽起來朝氣蓬勃，但他注意到實際上奈莉妲疲憊不堪，正被瑣事一點一滴地消磨殆盡。

奈莉妲告訴他父親的狀況很好，稱他的父親爲阿曼多先生。他告訴奈莉妲自己很快就會去探望父親。奈莉妲說親愛的，別擔心，親愛的，阿曼多先生的狀況很穩定，是有些小毛病，但很穩定。他問奈莉姐小毛病指的是發作嗎？奈莉姐叫他別擔心，沒有什麼不能處理的事。

他掛斷電話，待在車上幾分鐘，接著尋找妹妹的電話號碼。他原本就要打電話給妹妹了，但最後一刻反悔。

他走進陶德．沃德列格養殖場。養殖場的美國佬老闆跟他說不好意思，剛才來了一位德國人，有意購買一大批牲口，他必須帶對方參觀養殖場，並向他解釋養殖場的運作方式，因爲那傢伙什麼都不懂，是這門生意的菜鳥，突然登門拜訪，害他來不及通知他。他回答說沒關係，他陪他倆一起參觀。

美國佬笨手笨腳的，走起路來的模樣彷彿空氣對他來說過於稠密，阻礙他移動；彷彿沒算好自己的身體有多龐大，不是撞到其他人，就是撞到其他東西。此外，美國佬還汗流浹背，揮汗如雨。

剛認識美國佬時，他感覺與這間養殖場合作是個錯誤。但美國佬辦事很有效率。會解決牲口各種問題的人不多，美國佬正是其一，他在這方面很有一套，無須他人指引，就輕車熟路。

美國佬介紹那位德國人給他認識。德國人名叫艾格蒙．史雷。他倆握了個手打招呼。艾格蒙沒有直視他的雙眼，穿著一條好似剛買的牛仔褲，以及一件乾淨過頭的襯衫，腳踩白色的運動鞋，襯衫熨燙得平整，一頭金髮緊貼在頭顱上，顯得格格不入。然而，艾格蒙自己也曉得，什麼話也沒說，因爲他知道只有從來沒下過田的外國佬才會穿成這樣，但這身穿搭讓他保持談生意時所需的精確距離。

美國佬掏出一部自動翻譯機。他看過這種翻譯機，但他從沒有這方面的需求。他從來沒有機會出國旅遊。他注意到美國佬的翻譯機是舊型號，只有內建三、四種語言。美國佬對著翻譯機說話，翻譯機自動將一切翻譯成德語，告訴艾格蒙現在要帶他參觀養殖場，第一站是結紮種人。艾格蒙點點頭。看不見艾格蒙的手，他的雙手放在背後。

三人沿著好幾條走道行走。走道左右兩側全是罩起來的籠子。美國佬向艾格蒙解釋養殖場是個有生命的大型肉品倉庫，接著舉起雙臂，彷彿在傳授他經營這門生意的訣竅。

艾格蒙好似摸不著頭緒，美國佬便擱下天花亂墜的介紹，開始和他說明一些入門的事物，比方他把牲口分開，每頭牲口都關在自己的籠子內，以免發生暴力事件，因爲牲口會互相傷害，或者吃掉彼此。翻譯機以女性的機械嗓音翻譯這段話。

艾格蒙點頭如搗蒜。

肉吃肉。他無法不去想這是何等諷刺。

美國佬打開種人的籠子。地板上鋪滿看似新鮮的稻草，籠子鐵條上拴兩個金屬桶子，一個裝了水，另一個空空的，是拿來裝食物的。美國佬對著翻譯機說了幾句話，解釋這頭結紮種人是從小養大的，是「第一純潔世代」的牲口。艾格蒙好奇地盯著種人，接著掏出他的翻譯機——新款的翻譯機——問美國佬「純潔世代」是什麼意思。美國佬解釋第一純潔世代是出生到養大都被囚禁起來的牲口，沒有接受基因改造，也沒有被注射生長激素。

艾格蒙好似聽懂了，但沒有評語，美國佬便接續先前種人的話題——他好像對那比較有興趣——解釋種人的買賣取決於基因的品質；他稱牠這頭牲口爲結紮種人，但嚴格來說牠並不是，因爲牠伺候母人、上牠們。然而，美國佬告訴艾格蒙，他之所以稱這頭牲口爲結紮種人，是因爲牠可以察覺哪些母人準備好接受輸精了，其餘種人的用途則是將罐子灌滿精液，之後他們收集精液，進行人工授精。翻譯機翻譯美國佬的這番話。

艾格蒙想要走進籠子內，但進去前突然停下腳步。種人動了一下，瞪了艾格蒙一眼，艾格蒙嚇得往後退了一步。美國佬沒注意到艾格蒙很不自在，自顧自地繼續解說，說他根據種人的飼料轉換率[6]和肌肉組織的品質決定是否購買，但他對這頭種人引以爲豪，不是買來的，是他養大的，美國佬第二次強調，並解釋人工授精是避免疾病的關鍵，好處多多，比方生產給肉品加工廠的牲口類型可以更加整齊劃一。美國佬對艾格蒙使了個眼色，最後說：要飼養一百頭以上的牲口，這筆投資才算划算，因爲維護工廠和專業人員的人事費用很花錢。

艾格蒙對著翻譯機說了幾句話，問美國佬所以這頭結紮種人的用途爲何，養的不是豬，也不是馬，是人類，爲什麼這頭種人會上母人，根本不應該這麼做，不是很衛生。艾格蒙的翻譯機是男性的聲音，嗓音聽起來比較自然。美國佬有些不自在，哈哈大笑。沒有人稱牠們爲人類，更何況這裡禁止這麼做。「當然不是，牠們不是豬，雖然基因上來說非常相似，但牠們沒有病毒。」現場陷入一片沉默。翻譯

6　飼料轉換率，意指每單位的飼料，經消化作用後，所產生之產肉率，公式為飼料採食量／增重。舉例來說，若一頭豬增加五公斤的體重，這期間吃了二十公斤的飼料，則飼料轉換率為四。數字越小，則代表轉換率越好。

機的嗓音變得沙啞。美國佬檢查翻譯機，稍微敲打個幾下，翻譯機又開機了。「這隻公人可以幫我看出哪些母人靜默發情[7]，讓牠們做好人工授精的最佳準備，我們發現母人被這頭種人上過後，狀態最適合做人工授精。我們必須做好基因控管，但這頭種人做了輸精管切除術，不然母人的肚子就要被他搞大啦。此外，我們經常爲牠做身體檢查，牠很乾淨，也打過疫苗。」

他看著這個場所被美國佬的話語塡滿。輕薄的話語，沒有重量。美國佬的話語和其他令人費解的話語混雜在一起，和翻譯機的人造嗓音混雜在一起。翻譯機的嗓音不曉得這些話語會包覆住他，甚至令他窒息。

艾格蒙不發一語地盯著那頭種人，眼神中彷彿流露出嫉妒或是欽佩，笑了笑，接著說：「這傢伙還眞好命喔。」翻譯機翻譯這句話。美國佬詫異地看著艾格蒙，大笑了幾聲，掩飾惱火和噁心夾雜的感覺。他看著美國佬的腦中浮現出許多問句，全堵成一團：這傢伙怎能拿自己跟牲口比較？他怎會希望變得跟牠一樣？怎會想當畜生？一陣尷尬且冗長的沉默後，美國佬回答艾格蒙：「也好命不了多久，等牠沒用時，一樣會被送去肉品加工廠。」

美國佬繼續說個不停，彷彿除了說話沒別的事好幹，緊張兮兮的。他看著美國佬的汗珠自額頭上滑落，勉強積在臉上坑坑疤疤的小洞內。艾格蒙問美國佬牲口會不會說話，說他注意到養殖場內靜得出奇。美國佬回答說牲口終其一生都被隔離，小時候住在保溫箱內，長大後被關在籠子內，養殖場把牠們的聲帶切除了，這樣比較好控管。沒有人希望牠們說話，因爲肉不說話。牠們也算是會表達，但方式很基本，養殖場員工知道牠們覺得冷還是覺得熱，諸如此類的基本小事。

種人搔了搔一邊睪丸。牠的額頭上有代表陶德．沃德列格養殖場的縮寫烙印，字母T和V交織在一起。牠和每一間養殖場的每一頭牲口一樣一絲不掛，目光呆滯，彷彿表面上無法說話，實際上已經發瘋了。

「明年我要把這隻種人帶到農會展示。」美國佬以得意的口吻說，發出類似老鼠抓撓牆壁的笑聲。艾格蒙看著美國佬，摸不著頭緒，美國佬立刻向他解釋農會會頒獎給最棒的牲口、品種最純的牲口。

三人沿著一座座籠子走過。他計算了一下，這座畜棚內大概有兩百多頭牲口，

7 靜默發情，亦稱安靜排卵或暗發情，意指家畜外部沒有發情表現，而卵巢上卻有卵泡在發育成熟和排卵。

養殖場還不只有這一座畜棚。美國佬靠向他，一手搭上他的肩膀。手沉甸甸的。他感覺到這隻手的體溫和汗水。手開始浸濕他的襯衫。美國佬低聲對他說：

「特霍，聽我說，下星期我再送新的一批牲口過去給你。外銷的頂級肉喔，裡面有幾頭第一純潔世代的牲口。」

他感覺一陣急促的呼吸緊貼著他的耳朵。

「上個月你送來的那批牲口中，有兩頭生病了。食品管理局不核准我們進行包裝，我們最後把這兩頭牲口扔給食腐客。克里格派我告訴你下不爲例，不然我們就改跟其他養殖場配合。」

美國佬點點頭。

「我先搞定這個德國人，我們再好好談。」

美國佬帶他們來到辦公室。這裡沒有日本籍女祕書，也沒有紅茶，他心想。空間不大，塑合板牆壁。美國佬遞給他一本小冊子，要他讀一讀，接著轉向艾格蒙，和他解釋有一批特別的牲口——懷孕的母人——養殖場正在出口牠們的血液，並解釋這血液具有特別的功效。他在冊子中大大的紅字讀到這程序減少貨品沒有產值的時數。

他心想：貨品，又一個將世界蒙上陰影的詞彙。

美國佬依舊滔滔不絕說個不停，說明懷孕母人的血液用途不勝枚舉，從前由於違法的緣故，沒有人開發這門生意，現在他靠這個賺得盆滿缽盈，因爲被採血的母人最後都會貧血流產，無一例外。翻譯機翻譯這段話。話語沉重得令人不安，重重地砸落在桌子上。美國佬告訴艾格蒙這是一門值得投資的生意。

他沒有答話，艾格蒙也沒有。美國佬用襯衫袖子拭去額頭上的汗珠。三人離開辦公室。

一行人來到乳人的區域。根據美國佬的說法，乳人身上佩戴了吸乳房的機器。「這些乳房吸出來的奶是最頂級的。」美國佬對著翻譯機說，接著遞給他倆一杯人奶，並說明：「現擠的喔。」艾格蒙試喝了幾口，而他則是搖頭婉拒。美國佬告訴他倆乳人很不聽話，一生有用歸有用，但壽命也很短，採奶採沒多久就會感到緊張，等到擠不出奶時，也會被當成肉，送到提供速食業者肉品的肉品加工廠，把最後一滴利潤榨乾。艾格蒙點點頭，對美國佬說了一句「sehr schmackhaft」。翻譯機翻譯「眞美味」。

三人走向出口，途中經過懷孕母人的畜棚。幾頭母人被關在籠子內，另外幾頭躺臥在作業臺上，沒有手臂，也沒有腿。

他移開視線。他曉得許多養殖場爲了殺死腹中的胎兒，會將懷孕母人截肢，拿牠們的肚子去撞籠子的鐵條，不餵食牠們，用盡一切手段讓胎兒沒機會出生，死在肉品加工廠內。美國佬沒多做解釋，彷彿他倆早就知道一樣，他心想。

美國佬加快腳步，向艾格蒙解釋了許多事情，但沒讓他參觀躺在作業臺上的懷孕母人。

隔壁的作業室內有許多裝著幼人的保溫箱。艾格蒙目不轉睛地看著保溫箱，接著拍了幾張照。

美國佬走到他身旁。他感覺美國佬的身體滲出的不是汗水，而是某種病態的東西，聞起來黏糊糊的。

「我很擔心你剛才說的關於食品管理局的事。明天我會重新打電話給專業人士，叫他們檢查牲口，要是你收到需要丟棄的貨，再打通電話給我，我給你折價。」

專業人士，他心想，專業人士讀的是醫學，但他們從事的工作是到養殖場爲牲口做體檢，沒有人稱他們爲醫生。

「還有一件事，美國佬，貨送過來的時候別省貨車的錢。上次我收到兩頭半生不死的牲口。」

美國佬點點頭。

「沒有人打算讓牠們舒舒服服地坐在頭等艙內，但你別把牠們當作一袋袋麵粉堆在一起，因爲牠們會昏迷，頭會互相撞來撞去，搞死了誰賠錢？此外，牠們會互相傷害，之後鞣革廠會出比較低的價格收購皮革。老闆也對這件事不滿意。」

他把浦見先生的資料夾遞給美國佬。

「特別留意膚色較淺的牲口。我把這本樣本資料夾留給你幾週，讓你好好定價，針對最貴的人皮進行特別處理。」

美國佬羞愧得面紅耳赤。

「我做個筆記，以後不會再發生這種事了。我有一輛貨車壞了，爲了準時把貨送達，我才把牠們堆得比平常擠一些。」

一行人經過另一座畜棚。美國佬打開其中一座籠子，拉出一頭頸子上綁了條繩索的母人。

美國佬把母人的嘴巴扒開。母人好似覺得冷，打著哆嗦。

「看看牠的牙齒，十分健康。」

美國佬把母人的手臂抬起來，接著扒開牠的雙腿。艾格蒙湊上前看。美國佬對著翻譯機說：

「必須把錢投入疫苗和藥物上，保持牠們身體健康。得替牠們注射很多抗生素。我的牲口的證書都是最新的，一應俱全。」

艾格蒙專注地盯著那頭母人，繞著牠轉了好幾圈，接著彎下身子，看看母人的腳，扒開牠的腳趾，然後對著翻譯機說了一句話。翻譯機說：

「這頭牲口是淨化世代的嗎？」

美國佬忍住不露出笑容。

「不是，牠不是純潔世代的，爲了讓牠的生長速度大幅提升，牠被做過基因改造，再佐以特殊飲食和藥物注射。」

「話說，這樣牠的味道會變嗎？」

「牠們很美味。當然，第一純潔世代是頂級的肉，但這些的品質棒極了。」

美國佬掏出一部好似一條管子的儀器。他知道那儀器是什麼，他們在肉品加工廠也用。美國佬將把儀器的一端抵住母人的手臂，接著按下一個按鈕，母人張大嘴巴，露出疼痛的表情，手臂上被打出一道傷口，微小，但血流不止。美國佬對一名工作人員打了個手勢，工作人員隨即上前爲母人治療傷口。

美國佬打開管子，管子內有一小塊母人手臂的肉。肉塊形狀長長的，非常小，大小不超過半截手指。他把肉塊遞給艾格蒙，叫他試吃看看。艾格蒙遲疑了一下，但幾秒鐘後依舊試吃了，面露微笑。

「滋味非常棒，對吧？除此之外，這還是一塊口感紮實的蛋白質。」美國佬對著翻譯機說。

艾格蒙點點頭。

美國佬靠到他身旁，低聲對他說：

「特霍，這是上等品質的肉。」

「送一頭肉質韌實的牲口過來給我，我可以幫你瞞過老闆，他知道致昏作業員可能會失手，但別招惹食品管理局。」

「當然，你說的是。」

「從前處理豬和牛的時候，他們還會接受賄賂，但今天，算了吧。所有人都被病毒的事搞得疑神疑鬼的，懂嗎？你會被人檢舉，肉品加工廠就等著關門大吉吧。」

美國佬點點頭，一把抓住繩索，把母人推回籠內。母人失去平衡，一屁股跌在稻草上。

空氣中聞得到一股烤肉的味道。三人走到雜工休息區。工人們把肋排掛在十字鐵架上，正在烤肉。美國佬向艾格蒙解釋他們早上八點鐘便開始烤肋排，吃起來才會「入口即化」，此外，大夥兒正好要開始吃一頭幼人的肉。美國佬對艾格蒙說明：「這是世界上肉質最軟嫩的肉，量不多，因爲幼人沒小牛那麼重。我們正在慶祝一名員工當爸。兩位想要來個三明治嗎？」艾格蒙點點頭，而他說不要。在場所有人詫異地看著他。沒有人會對這肉說不，吃上一份得要價一個月的薪水。美國佬什麼都沒說，因爲他知道自己的生意取決於他決定收購的牲口數量。其中一名工人切下一小塊幼人的肉，做了兩份三明治，加上一種顏色紅紅橘橘的辣醬。

三人來到一座比較小的畜棚。美國佬打開另一座籠子，對他們打了個手勢，要他們把頭探進去看看，接著對著翻譯機說：「我開始養殖肥胖的牲口，過度餵食牠們，之後把牠們賣給一間專門處理脂肪的肉品加工廠。他們什麼都做，就連美味的餅乾都做得出來。」

艾格蒙稍微站到一旁吃三明治，彎著腰吃，不想把衣服弄髒。醬汁滴落在距離他的鞋子非常近的位置。美國佬靠了過去，遞上一條手帕，但艾格蒙做了個手勢，告訴他沒有關係，三明治很美味，就這樣站著吃他的三明治。

「美國佬，我需要黑色的人皮。」

「我現在正好在洽談，要人從非洲送一批牲口過來給我。你不是第一個跟我要黑色人皮的人。」

「我之後再跟你確認我需要幾頭。」

「好像有個知名設計師出了一系列黑色人皮的商品，今年冬季將會引起轟動。」

他想離開。他需要停止聽見美國佬的聲音。他需要停止看著這些話語堆積在半空中。

他們來到一座新搭的白色畜棚，進來時他沒看見這座畜棚。美國佬指著畜棚，對著翻譯機說他正在投資一項新生意，要來養殖幾頭牲口，供器官移植使用。艾格蒙對這個話題感興趣，湊上前去。美國佬啃了一口三明治，滿嘴都是肉，對他說：

「法規終於通過了。我需要申請更多許可，稽查次數也變多，但這門生意的產值比較高。又一門值得投資的好生意。」

他和美國佬道別。他沒興趣繼續聽他說下去。艾格蒙想要跟他握個手，但看見自己的手被三明治搞得油膩膩的，又把手抽開，做了個手勢道歉，小小聲地說了一句「Entschuldigung」[8]，面露微笑。翻譯機沒有翻譯這句話。

橘色醬汁自艾格蒙的嘴角緩緩流下，開始滴在他的白色運動鞋上。

4

他起了個大早，因爲他必須去拜訪肉舖。妻子依舊住在娘家。

他走進一間房間。房內空蕩蕩的，唯獨中央擺了一個白色搖籃。他敲敲搖籃的木頭。搖籃的床頭有幾幅圖畫，一隻熊和一隻鴨子緊緊相擁，松鼠、蝴蝶和樹木圍繞，還有一顆笑瞇瞇的太陽。沒有雲，也沒有人類。這張搖籃以前是他的，也是他兒子的。已經沒有人在賣印有可愛小動物的產品，取而代之的是小船、小花、小仙子和小地精。他知道自己得把這張搖籃丟掉，知道自己得在妻子回來前把這張搖籃打爛燒毀。但他辦不到。

8 Entschuldigung，德文，意指「不好意思」、「抱歉」。

他喝著瑪黛茶，聽見一輛貨車在家門口鳴喇叭。他自窗戶探出頭，看見紅字寫著「陶德．沃德列格」。

他的家相對偏遠。距離最近的鄰居住在兩公里之外。要來到他家，必須先把柵門打開，然後走過一條兩側桉樹林立的道路。他心想柵門明明上鎖關好了，很訝異自己沒聽見貨車的引擎聲，沒看見貨車揚起的沙塵。從前他養狗，狗見到車輛會狂奔過去，吠個不停。現在動物絕跡了，世界瘖啞無聲，死寂得令人窒息。

聽見喇叭聲時，他嚇得撒手放掉手中的瑪黛茶，燙到自己。

某人拍拍手，大喊他的名字。

「您好，請問是特霍先生嗎？」

「您好，對，我是。」

「我送來一份美國佬的禮物，幫我簽個名好嗎？」

他簽了名，沒多想自己到底簽了什麼。男子遞給他一個信封，之後回到貨車上，打開後門，走了進去，接著帶著一頭母人出來。

「這是什麼？」

「一頭第一純潔世代的母人。」

「麻煩您把牠帶走，可以嗎？現在就給我帶走。」

男子站在原地，不曉得該怎麼辦，慌張地看著他。沒有人會拒絕這種禮物，光是把這頭母人賣掉就可以發一筆小財。男子不知所措，拉了一下綁在母人頸子上的繩索。母人聽話地移動。

「我做不到，要是我把牠帶回去，美國佬會炒我魷魚。」

男子調整繩索，把繩索另一端遞給他，眼見他無意接過繩索，便將繩索扔在地上，快步跑上貨車，驅車離去。

5

「美國佬，你送了什麼東西過來給我？」

「一份禮物。」

「我殺牠們，不養牠們，懂嗎？」

「你就養牠個幾天，之後我們一起把牠烤來吃。」

「我沒空，也不想，也沒有辦法養牠個幾天。」

「明天我派人過去你那兒，把牠給宰了。」

「我想宰牠的話，會自己動手。」

「就這麼說定了。我已經把所有的文件都寄給你了，以防哪天你想把牠賣掉的話。牠的身體很健康，最新的疫苗都打了。你可以跟牠交配。牠剛好到了繁殖的年齡。不過，重點是，牠是第一純潔世代。」

他沒有答話。美國佬告訴他這頭母人價值不菲，一再強調牠的基因很乾淨，彷彿他不知道一樣。美國佬解釋一年多前，他開始以杏仁爲主要飼料，餵養一批牲口，這頭母人正是其中之一。「是爲一位挑剔的客戶準備的，他要我幫他養殖客製化的肉。」美國佬解釋他多養了幾頭，以防某些牲口早早夭折，接著澄清這份禮物是要讓他知道他有多重視與克里格肉品加工廠做生意，說完便和他說再見。

「嗯，謝謝。」他怒氣沖沖地掛斷電話，在腦中辱罵美國佬，以及他那份巴結奉承的禮物。他坐下，看了看時間。已經很晚了，他走到外頭，將先前綁在樹上的母人鬆綁。母人沒有把繩索自頸子上拿下的意思。當然，他心想，牠根本不曉得可以把繩索取下來。他一靠過去，母人便開始渾身發抖。他看了地上一眼，母人尿失禁了，他把牠帶到畜棚，把牠綁在一輛鏽跡斑駁的報廢貨車的車門上。

他進到屋內，思考可以餵母人吃什麼。美國佬沒有送來均衡飼料，只送了一個大麻煩來。他打開冰箱。一顆檸檬、三罐啤酒、兩粒番茄、半條小黃瓜，鍋子內有些某天的剩飯，他聞了聞，覺得還可以吃。是白飯。

他拿了兩個桶子給母人，一個裝水，另一個裝冷冰冰的白飯，把畜棚的門上鎖關好後，離開。

6

跑肉品的業務最困難的部分是去拜訪肉舖，因爲那意味著他必須進入市區，因爲他必須和斯帕涅見面，因爲水泥叢林的悶熱感令他喘不過氣來，因爲他必須遵守宵禁，因爲大樓和廣場讓他想起從前人比較多，非常多。

過渡期之前，肉舖店員薪資待遇很差，有些肉明明腐敗了，雇主卻常常強迫他們動手腳販售。還在父親的肉品加工廠工作時，有一名店員曾經告訴他：「我們賣的東西已經死了，本來就正在慢慢腐爛，人們好似不願意接受這一點。」瑪黛茶喝著喝著，那名店員跟他透露在肉上面動手腳的祕密，該怎麼做才可以讓肉看起來很新鮮，讓客人聞不到腐敗的臭味。「包裝的肉我們會灌一氧化碳，玻璃櫥櫃上販賣的則是超低溫冷藏，再加上漂白水、小蘇打、醋和調味料，還要撒上很多胡椒。」

人們總愛跟他坦白很多事，他認爲這是因爲他懂得聆聽，而且他沒興趣說自己的事。那名店員告訴他，他的雇主爲了彌補虧損，常會購買被食品管理局沒收的肉品，有些牛肉都長蛆了，而他必須處理那些肉，之後還得搞特價促銷。店員跟他解釋，處理那些肉的意思是把肉冰在冰箱很長一段時間，讓低溫使肉停止發臭。他被迫販賣長了黃色斑點的病畜肉，而且必須把斑點處理掉。那名店員想要離職，想要去艾爾希普雷斯肉品加工廠上班，因爲那兒的名聲好到不行，他說，他只想要找一份正經的工作掙錢養家。店員和他解釋說他無法忍受漂白劑的氣味，腐爛雞肉的臭味常害他嘔吐，說他從來沒覺得自己病得如此嚴重，活得如此悲慘，有些家境貧寒的婦人上門跟他買最便宜的肉，想做酥炸豬排給孩子吃，他卻無法直視她們的雙眼。他說如果雇主不在店內，他會賣最新鮮的肉給她們，但要是雇主在，他就不得不賣腐敗的肉給她們，之後會內疚得睡不著覺。這份工作正在一點一滴地耗蝕他。他把這件事告訴父親，父親決定不再送肉到那間肉鋪，並雇用了那名店員。

他的父親是個正直的人，所以才得了老年痴呆症。

他上車，嘆了一口氣，但馬上想起自己等會兒就要去見斯帕涅了。雖然每次和斯帕涅見面都很麻煩，但他還是面露微笑。

開車途中，一個畫面闖進他的腦海中。是他關在畜棚內的那頭母人。牠現在在做什麼？食物夠吃嗎？會冷嗎？他在心裡咒罵了美國佬一頓。

他抵達斯帕涅肉舖，下車。自從狗絕跡了以後，市區的人行道變得乾淨多了。也更加寂寥。

市區的一切改變都很極端。且激烈。

過渡期害得許多肉舖倒閉，唯獨等到後來食人合法化後，某些肉舖才重新開張，但都是專賣店，店主對肉品品質的要求極度嚴苛，而且自行顧店。鮮少有人同時擁有兩間肉舖，有的話，則會請親戚或非常信賴的人代爲經營。

肉舖賣的特級肉價格令人望之卻步，黑市因此誕生。黑市販賣的肉價格比較便宜，因爲不需要接受檢查，也不用注射疫苗，賣的是容易取得的肉、有名有姓的肉。黑市如此稱呼非法的肉，如此稱呼他們在宵禁時間取得並生產的肉。而且這些肉永遠不會被人進行基因改造和品質控管，肉質不會變得更軟嫩，吃起來不會更美味、更容易讓人上癮。

斯帕涅是最早重新開張的肉舖店主之一。他曉得斯帕涅冷眼看待這世界。斯帕涅除了切肉什麼都不會，手法有如外科醫師般冷峻。黏糊糊的觸感、冷冽的空氣、瀰漫在空氣中的腥味、意圖證明店舖內衛生良好的白色瓷磚、血跡斑駁的圍裙，這些斯帕涅都不在意，對斯帕涅而言，觸摸這些曾經活著的物體，對其進行片肉、絞肉、加工、剔骨、剁塊，不過就是一份工作，她下意識地做，但手法不失精準。那是一種經縝密計算過、不外露的熱忱。

隨著特級肉問世，肉舖不得不適應新的刀法、新的分量、新的重量，以及新的品味。斯帕涅是第一人，也是最快適應好的人，因爲她以令人不寒而慄的冷漠手法處理人肉。起初她的顧客不多，上門的全是有錢人家的女僕。斯帕涅做生意很有遠見，在最有購買力的社區內開了第一家肉舖。女僕們反感且困惑地抓起肉塊，總是和斯帕涅解釋是主人或是夫人派她們來買肉的，彷彿有必要特別說明似地。斯帕涅總是笑容可掬地看著她們，這微笑雖然是硬擠出來的，但也流露出一絲體諒，女僕們越來越信任她，最後不再多做解釋，每次回來都購買更多肉。隨著時間經過，斯帕涅肉舖的常客越來越多。在肉舖內招呼的是個女人，令所有人感到安心。

即便如此，沒有人曉得這個女人心裡到底在想什麼。但他知道。他跟斯帕涅是老相識，因爲斯帕涅從前也在他父親的肉品加工廠工作。

斯帕涅一邊抽著菸，一邊跟他說了幾句奇怪的句子。他希望這次拜訪能越快結束越好，因爲斯帕涅如冰山般冷漠得難以企及，令他很不自在。斯帕涅拖住他，每次總是拖住他，他開始在父親的肉品加工廠工作時，斯帕涅有次就拖住他，在所有人都下班離開後，帶著他來到分切室。

他認爲斯帕涅沒有對象可以說話，沒有對象可以讓她傾訴心中的想法。他也想像斯帕涅大概準備好再次在剁肉臺上躺下，想像她將和那回一樣速戰速決，絲毫不夾雜其他多餘的情感。當年他根本還沒長大。或者事情根本不是如他所想像那般。斯帕涅現在可能既單薄又脆弱，正睜大眼睛，讓他能夠在那兒突破她的冷漠，走進她的心房。

斯帕涅有一名助手。他從來沒聽過她跟助手說過半句話。吃重的工作全落到那名助手頭上，比方把屠體扛到冷藏室，或是打掃店鋪。助手的目光如犬，任勞任怨，忠心耿耿，蘊含著一股凶猛的氣息。他不曉得助手叫什麼名字，便兀自叫他阿狗。斯帕涅從來沒跟阿狗說過話，每次他登門拜訪時，阿狗通常鮮少露面。

剛開始經營人肉店時，斯帕涅模仿傳統切牛肉的刀法，免得改變來得太突兀。任何人上門，都感覺宛若置身昔日的肉舖。隨著時間經過，斯帕涅做出改變，慢歸慢，但持續在改。首先，她把包裝好的手掌擺在一側，和普羅旺斯炸豬排、腰腿肉和腎臟混放在一起。包裝上的標籤註明這是特級肉，一段標示巧妙地避免使用

「手」這個字，說明這是上肢。過了一陣子後，斯帕涅加入包裝好的腳，把腳擺在一層生菜上，附上「下肢」的標籤，之後，她更端出舌頭、陰莖、鼻子和睪丸的拼盤，一旁貼著一張海報寫著「斯帕涅美饌」。

過沒多久，人們依據切豬肉的刀法，開始叫上肢「小手」，叫下肢為「小腳」。在手腳前加個「小」字泯除了人們的恐懼，肉品業者允許消費者如此稱呼這些產品，也使用這些代稱法分類手腳。

今天已經買得到耳朵和手指的肉串，業者稱之為「綜合烤串」。也買得到眼球浸酒、醋漬舌頭。

斯帕涅帶他來到肉舖後頭的房間。房間內有一張木頭桌子和兩把椅子，四周全是冰箱。斯帕涅把剖半的屠體從冷藏室拿出來分切，之後把肉冰在冰箱內，等著販售。人類的軀幹被稱之為「屠體」，完全沒有人考慮「剖半的軀幹」這種說法。冰箱內也冰了手臂和腿。

斯帕涅請他坐下，替他斟了一杯腳踩搾取的葡萄酒。他將酒一飲而盡，因為他需要藉酒才可以直視斯帕涅的雙眼，才不會回想起自己曾經被她撲倒在剁肉臺上。剁肉臺上通常滿是牛隻的內臟，但那個當下有如手術臺般乾淨。他不願回想起斯帕涅什麼話也沒說，兀自褪去他的褲子，不願回想起她撩起仍沾滿鮮血的圍裙，爬上剁肉臺，一手抓著輸送牛隻的鉤鍊，小心翼翼地坐到赤身躺著的他的身上。

他之所以喝酒，倒也不是因爲他認爲斯帕涅是個危險份子或瘋子，也不是因爲他常想像她裸體的畫面（因爲他從未見過她一絲不掛），也不是因爲他認識的女肉販不多，而每一位都是難以捉摸、無法理解。他也需要喝酒才可以冷靜地聆聽斯帕涅說話，因爲她的字字句句有如釘子，扎進他的大腦。斯帕涅的話語寒冷銳利，就像那天，他試圖撫摸斯帕涅、扯下她的圍裙、愛撫她的頭髮，但斯帕涅跟他說「別動」，緊緊抓住他的雙臂，並使勁壓在剁肉臺上。那天的隔天也是，他試著找斯帕涅，但斯帕涅只跟他說了一句「再見」，沒有解釋，也沒有道別的吻。之後，他得知斯帕涅繼承了一小筆財富，靠著那筆錢買下這間肉舖。

斯帕涅在他帶來的文件上簽名。文件證明她同意與克里格肉品加工廠配合，並確認她不會對肉動手腳。簽署文件不過是俗套罷了，大家都知道沒有人會在肉上頭動手腳，現在不會，對特級肉不會。

斯帕涅簽名，然後喝了一口葡萄酒。時間是早上十點鐘。

斯帕涅遞給他一支香菸，並爲他點菸。兩人吞雲吐霧之際，斯帕涅告訴他：

「我不懂爲什麼我們會覺得一個人的笑容很迷人。淺笑時人其實是在露出骨骼。」他發覺自己從沒見過斯帕涅的笑容，就連那天她抓著鉤鍊、仰面發出快意的叫聲時也沒見到她笑。斯帕涅就只叫了那麼一聲，一道獸性且黑暗的叫聲。

「我知道，等我死了的那天，我的肉會被某人拿去黑市販賣，可能是我的某個討人厭的遠親吧。所以我菸酒不忌，我要讓我的肉吃起來很苦，不讓任何人享受我的死亡。」斯帕涅小小吸了一口菸，接著說：「今天我是肉販，明天我就可能變成被屠宰的家畜。」他喝了一口酒，跟斯帕涅說他不懂，她明明有錢，可以和許多人一樣，將後事安頓好。斯帕涅盯著他，眼神中流露出一絲類似同情的神情：「誰都無法安頓好什麼事。別人要吃我就吃吧，我要害他們消化不良，難過得受不了。」斯帕涅張開嘴巴，沒露出牙齒，發出一陣喉音，可能是在哈哈大笑，但並不是。「我被死亡圍繞，日日夜夜，無時無刻。」語畢，斯帕涅指著冰箱內的屠體：「種種跡象顯示我的命運就是這個，還是說，你認爲我們不會爲此付出代價？」「既然如此，妳爲什麼不金盆洗手？爲什麼不把肉鋪賣了，從事別種行業？」斯帕涅看著他，長吸了一口菸，花了一點時間才回答他，彷彿答案顯而易見，無須透過話語說明。斯帕涅將煙緩緩吐出，告訴他：「誰說的，搞不好哪天你的肋排會被我賣個好價錢。但在那之前，我會先試吃一根。」他一口飲下更多葡萄酒，回答斯帕涅：「你最好吃看看，我一定很美味。」語畢，他面露微笑，對著斯帕涅露出整副骨骼。斯帕涅以冷若冰霜的雙眼看著他。他知道斯帕涅這番話是認眞的，也知道這段談話是被禁止的，這些對話內容可能會害他惹上大麻煩。然而，他需要聽人說出無人斗膽說出的話。肉舖的門鈴響起。一名顧客上門。斯帕涅起身招呼。

阿狗出現了，沒瞧他一眼，自冰箱拿出剖半的屠體，將屠體拿到一間開了冷氣的玻璃門房間。他看得見阿狗的一舉一動。阿狗將剖半的屠體掛起來，避免肉遭受污染，接著扯下阿根廷全國衛生組織（ONSA）的認可標章，開始將肉大卸八塊，精準地在肋骨的位置切了一刀，取下一大根肋條。他已經記不得切肉的刀法，刀工技不如前。食人合法化後的適應期期間，許多切牛肉的刀法名稱被沿用，並混入切豬肉的刀法名稱。新的術語手冊紛紛問世，並爲了特級肉的切割刀法設計了全新的插圖。一般社會大衆永遠看不到這些插圖。阿狗抓起鋸子，鋸斷後頸。

斯帕涅進門，斟了更多葡萄酒，接著坐下，跟他說人們又開始詢問有沒有賣人腦，之前有位醫師主張食用人腦會導致不知道什麼鬼疾病，某種複合字名稱的疾病，但現在好似有另一群醫師和數間大學證明事實並非如此。但斯帕涅知道會，她知道那黏糊糊的肉團若不是裝在人頭顱內，肯定不會好到哪裡去。然而，她會收購人腦，會把人腦切成薄片。這工作不簡單，斯帕涅告訴他，因爲人腦薄片一個不小心就會滑脫。斯帕涅問現在可不可以給他這星期的訂單，沒有等他回答，便抓起一支原子筆，開始寫起訂單來，而他也沒向斯帕涅解釋訂單大可以用電子郵件寄給他就好。他喜歡看著斯帕涅靜靜地寫字，專注，且嚴肅。

他盯著斯帕涅不放。斯帕涅以潦草的字跡寫完訂單。她有一種曖曖內含光的美。這點令他感到不安，因爲斯帕涅獸性的氣質之下，還有一絲不輕易讓人看見的女人味。她刻意的冷漠之下，還有可愛的一面。

斯帕涅心中有個他好想粉碎的東西。

7

過渡期開始之後，他跑完業務時，總會待在市區的旅館過夜，隔天再前往獵場。這樣可以省下好幾個小時的車程。如今，家裡有一頭母人關在畜棚內，他不得不回家。

離開市區前，他買了給家畜吃的特別均衡飼料。

到家時已是晚上。他下車，徑直走向畜棚，邊走邊咒罵了美國佬一頓。偏偏是現在，美國佬偏偏要在跑肉品業務的這週給他添這個麻煩。偏偏要在塞希莉雅不在家的這個時候。

他打開畜棚。母人雙手抱膝，蜷縮在地上，正在睡覺。雖然天氣熱得要命，但母人好似覺得冷。牠把白飯吃完了，把水喝光了。他不過是稍微用腳碰了母人一下，母人便嚇得失魂落魄，用手護著頭，縮成一團。

他進到屋內找幾條舊毛毯，把毯子拿到畜棚，擱在母人身旁，然後把桶子收走，裝了更多的水。

他帶著裝滿水和飼料的桶子回到畜棚，坐在一捆稻草上，看著母人。母人低著頭，緩緩喝水。

母人從沒看過他一眼。牠的生命就是恐懼，他心想。

他曉得自己能夠養牠，法律許可他這麼做。他知道有人圈養家畜，並且活生生切下家畜的肉，一部分一部分地吃了。這些人總拍胸脯保證家畜的肉最美味，新鮮極了。市面上已經在販售教學書了，解釋該如何、在什麼時間點和在什麼部位下刀，家畜才不會過早夭折。

法律禁止蓄奴。他想起一起案例，有一戶人家養了十頭母人，讓母人在地下工作坊工作，最終遭舉發起訴。那十頭母人額頭上都有烙印。他們在一間養殖場買下牠們，並訓練牠們做事。最後全部都被送去市立屠宰場屠宰了，十頭母人和整戶人家均成了特級肉。媒體好幾個星期都在報導這樁案件。他想起一句所有人憤慨地掛在嘴上的句子：「蓄奴是殘暴的行爲。」

這頭母人什麼人都不是，現在住在我的畜棚內，他心想。

他不知道該拿這頭母人怎麼辦。母人渾身髒兮兮的。他得找個時候幫牠洗澡。

他關上畜棚的門，進到屋內，脫光衣服，鑽進淋浴間。他大可以把母人賣了，擺脫這個麻煩。他也可以飼養牠，讓牠做人工授精，開始養育一小批牲口，脫離肉品加工廠自立門戶。他可以逃跑，可以拋下一切，拋棄父親、妻子和他早夭的兒子，拋棄那張等著被他砸爛的搖籃。

8

他一起床便接到奈莉妲的來電。阿曼多先生代償失調，親愛的，沒什麼嚴重的，但我想通知你一聲。你不需要過來，但你能過來的話就太好了。你知道，雖然你爸爸不認得你是誰，但每次你來探望他，他都很開心。每次你來探望他，他的病情就會停止發作好幾天。他跟奈莉妲說謝謝通知，他會找時間過去一趟，接著掛斷電話，躺在床上想著不想要展開這一天。

他燒開水，穿衣，喝著第一杯瑪黛茶時，打電話給獵場，解釋家裡發生了一件急事，之後會再打電話給他們，重新安排拜訪時間。接著他打電話給克里格，跟他說業務得多花一點時間才跑得完。克里格說沒關係，慢慢來，但他正在等他來面試兩位有意進肉品加工廠工作的求職者。

他思考了兩秒鐘，撥電話給妹妹，跟她說父親的狀況很好，她應該去探望父親一下。妹妹回答說她很忙，有兩個小孩得顧，還得忙家務事，哪來的空閑時間，會再找個時間過去。妹妹說她住在市區，比較難去探望父親，因爲安養院很遠，她害怕回家時已經是宵禁時間。妹妹驕慢不恭地對他說出這段話，彷彿選擇住在市區、選擇生兒育女都是其他人的錯，之後換了個語調，說他倆很久沒見面了，想邀請他們夫妻倆來家裡吃晚餐，問他塞希莉雅還好嗎，是不是還住在娘家。他告訴妹妹之後有空會再打電話給她，語畢，掛斷電話。

他打開畜棚。母人躺在毛毯上，被他嚇醒。他把桶子收走，之後裝滿水和均衡飼料回來。他發現母人找了一個地方大小便。回來後我得清理這些屎尿，他心想，一股疲倦的感覺湧上心頭。他幾乎不正眼看母人，因爲他覺得母人、這個住在他的畜棚內的裸女是個大麻煩。

他上車，直接前往安養院。他從不通知奈莉姐自己要過去。他花錢幫父親找了當地最好、最貴的安養院，認爲自己想過去就過去，有權利不知會一聲。

安養院位於他家和市區之間，一個有門禁的住宅社區內。每回他都會在安養院幾公里外中途暫停。

他停妥車，走向廢棄動物園的門口。鎖住鐵柵門的鐵鍊斷了，雜草叢生，籠子內空無動物。

他也曉得去廢棄動物園是個冒險的舉動，因爲園內可能還有從籠子掙脫的動物。他不在意。市區內發生多起大型動物屠殺事件，但長久以來有許多人放不下他們的寵物，下不了手殺死牠們。聽說這些人之中有些人感染病毒而死，另外一些人把他們的狗、貓或馬丟棄在田野中。他從來沒出過什麼意外，但人們總說不攜帶武器獨自外出很危險。野外有飢腸轆轆的狗群四處遊蕩。

他走到獅子區，在石頭欄杆上坐下，拿出一根香菸，點菸，望著這個荒涼的空間。

他想起父親帶他來動物園的時候。母親過世後，他沒有成天哭哭啼啼，也沒開口說過半句話，父親不知道該拿他怎麼辦。妹妹當時還是小嬰兒，由保姆照顧，對這一切毫不知情。

父親帶他去電影院、去廣場、去馬戲團，什麼地方都去，就爲了帶他遠離家，遠離母親笑瞇瞇地拿著建築學學位證書的相片，遠離母親仍掛在衣架上的衣服，遠離母親精心挑選、放在床頭上方的夏卡爾複製畫。那幅畫是《窗外巴黎》，畫中有一隻人面貓、一個撐著三角形降落傘飛翔的男人、一扇五彩繽紛的窗戶、一對陰鬱的戀人，一個有著兩張臉、掌中有顆愛心的男人。畫作透露出人世瘋狂的意境，儘管所有的人物都一臉嚴肅，但那瘋狂可以是微笑，可以是冷酷。如今這幅畫掛在他的房間內。

動物園內從前處處都是闔家參觀的遊客、蘋果糖葫蘆、粉紅色、黃色和天藍色的棉花糖、歡笑聲、氣球、袋鼠玩偶、鯨魚玩偶、小熊玩偶。父親常跟他說：「馬可仕，你看，是狨猴。馬可仕，你看，是珊瑚蛇。馬可仕，你看，是老虎。」他不發一語地觀看各種動物，因爲他感覺父親沒有開口說話。想說、還是說不出口，他並不確實曉得，但直覺告訴他父親的話語就要斷裂了，全靠著一條極細且透明的線撐著。

那天來到獅子區時，父親看著獅子，什麼話也沒說。母獅群在太陽底下休息。公獅不在。某人丟給母獅一塊動物餅乾，母獅群冷漠地看了那塊餅乾一眼。他心想，母獅距離遊客好遠，此刻他只想跳到坑內，躺在母獅群中，呼呼大睡。他好想輕撫母獅。其他孩子們不是鬼吼鬼叫，就是試圖模仿獅子的低吼或咆哮，人潮聚集，開始有人請前方的民衆讓出位置。突然間，在場所有人安靜下來。公獅從某個洞穴的陰影中走出來了，以極緩慢的步伐往前走。他看了父親一眼，對他說：「把拔，是公獅，公獅在啊，你看見了嗎？」父親低著頭，身影在人群中逐漸變得模糊。父親並不是在哭泣，但他看得見眼淚。淚水就在那裡，隱藏在那些他說不出口的話語背後。

他抽完菸，將菸蒂丟到坑內，起身離開。

他雙手插在褲子口袋，緩緩走回車上。路上他聽見一聲號叫，距離很遠。他原地不動，四處張望，看看是否看得見是什麼發出的叫聲。

他抵達「新黎明」安養院。安養院被一座打理得美輪美奐的公園圍繞，有板凳、樹木和噴泉。他聽說從前有一座小小的人造湖，湖內有鴨子。今日，湖消失了。鴨子也是。

他按了門鈴，一名護士開門招呼他。他從來都記不住大家的名字，但每一名護士都記得他的名字。「馬可仕先生，您好嗎？請進、請進，我們馬上帶您去找阿曼多先生。」

他確保安養院內的長者都只由護士照顧，而不是看護，或是沒有學歷的人，以及沒有事先經過訓練的夜班保全。他就是在安養院認識塞希莉雅的。

每次走進這間安養院，他最先感受到的總是一股淡淡的尿騷味和藥味。院內瀰漫著一股化學藥品的人造香氣。多虧那些藥品，這些行屍走肉的臭皮囊還留有一口氣在。安養院打掃得一絲不苟，但他曉得院內住了那麼多包尿布的老人，那股尿騷味幾乎不可能澈底消除。他從來不用「老爺爺」或「老奶奶」來稱呼老人。

不是所有的老人都是爺爺奶奶。他們大概也不是。他們只是年紀大，只是活了很多年的人，也許長壽就是他們此生唯一的成就。

他被帶到等候室。護士問他要不要喝些什麼。他在一張面對一扇大窗子的扶手椅坐下。窗子正對著花園。漫步於花園中的人無不佩戴保護裝備。有些人撐著傘。鳥並沒有攻擊性，但人們對鳥感到恐慌。一隻黑色的鳥飛到一棵小小的灌木上。他聽見一聲驚呼。一位女士——一名老太太、安養院的患者——驚恐地看著那隻黑鳥。黑鳥飛了起來，老婦嘟囔地說著什麼，彷彿口中的話可以保護她。之後老婦在一個座位上睡著了，看起來好像剛洗好澡。

他想起希區考克的《鳥》，想起自己看完那部電影後有多震撼，想起那部電影被列爲禁片時自己有多難過。

他回想起邂逅塞希莉雅的那一刻。當時他就坐在這張扶手椅上等待父親。奈莉妲那天不在，是塞希莉雅帶他去見父親的。那陣子父親還會走路、還會說話，頭腦還算清楚。從扶手椅起身見到塞希莉雅的那一刻，他並沒有什麼特別的感覺，不過就是另一名護士，但塞希莉雅一開口說話，就抓住他的注意力。她的嗓音。塞希莉雅聊著安養院爲阿曼多先生準備的特別飲食，聊安養院如何控制他的血壓，聊安養院一直以來都在爲父親做身體檢查，說他的狀況比較穩定了。他看見萬丈光芒圍繞著他倆，感覺這道嗓音可以帶他飛到九霄雲外。塞希莉雅的嗓音可以讓他脫離這個世界。

小寶寶的那件事後，塞希莉雅的話語有了黑洞，自己吞噬自己。

有一部電視機開著，沒有聲音。頻道被轉到一個舊節目。節目中，參賽者必須拿棍棒打死貓——冒著死亡的風險，只爲了贏一輛汽車。觀衆鼓掌叫好。

他拿起安養院的手冊。手冊全放在一張茶几上，雜誌的旁邊。封面上有一對笑容可掬的男女，老人，但說老不老。從前手冊封面的圖片是老人們在一片草地上快樂奔跑，或是坐在一座綠意盎然的公園內。今天的封面有著中性色系的背景，但老人們依舊和從前一樣笑瞇瞇的。一個圓圈內有一行紅字寫著「我們保證二十四小時全天候都安全」。大家都知道，大部分住在公立安養院的老人，過世時、或是院方任由他們死去後，都會被賣到黑市，成爲市面上最低價的肉品，因爲他們的肉又乾又病，滿滿都是藥。他們成爲有名有姓的肉。無論公私立安養院，有時候死者家屬會授權販售屍體，藉此償還債務。已經沒有人辦葬禮了，因爲很難確保遺體下葬後不被人挖出吃掉，因此許多墓園都賣掉了，有些墓園已廢棄，有些墓園則成了時代的眼淚。昔日是亡者得以安息之地。

他無法允許父親被人分屍。

自等候室看得見起居室。老人們在起居室內休息，坐著看電視。他們大部分的時間都在看電視。看電視，以及等死。

院內的老人人數不多。他也確保了這一點。他不想讓父親住進人滿爲患的安養院，不希望老人們沒有得到妥善的照顧。然而，院內的老人不多，一方面也是因爲這間是市區附近最昂貴的安養院。

安養院內的時間令人窒息。每一小時、每一分和每一秒全黏在皮膚上，鑽透皮膚。儘管辦不到，但最好忽略時間。

「嗨，馬可仕，親愛的，你好嗎？真高興見到你。」用輪椅把父親推來的人是奈莉妲。奈莉妲給了他一個擁抱，因爲她喜歡他，因爲院內每一位護士都知道他的故事。他不僅是一位孝子，還英勇拯救了一名護士，並跟她結婚。

小寶寶夭折後，奈莉姐開始擁抱他。

他蹲下，望著父親的雙眼，抓起他的雙手，對他說：「嗨，老爸。」父親的目光無神，淒涼。

他起身，詢問奈莉姐：「他的狀況如何？比較好了嗎？知道他爲什麼會代償失調嗎？」奈莉姐請他坐下。他把父親推到扶手椅旁，讓他望著大窗子，接著和奈莉姐在一旁有著一張桌子和兩張椅子的位置坐下。「親愛的，阿曼多先生又發作了。昨天你爸爸脫光衣服，趁著夜班護士瑪爾塔去照顧一位老先生時跑去廚房，把我們爲另一位老先生準備的九十歲生日蛋糕吃個精光。」他露出一個假惺惺的微笑。黑鳥又飛了起來，停到另一棵灌木上。父親露出快樂的表情，指著黑鳥。他起身，把輪椅推到窗邊，回到座位上時，奈莉姐以充滿愛意且憐憫的眼神看著他。馬可仕，我們晚上又得把他綁起來了。他點點頭。你得簽許可書。這是爲了阿曼多先生好。你也知道我不喜歡這麼做。你爸爸的身體狀況很糟，隨便亂吃東西對他不好。此外，這次他吃的是蛋糕，下次搞不好吞的是刀子。

奈莉姐離開，去拿許可書。

他的父親已經幾乎不會說話了，只會發出聲音。抱怨。

話語就在那兒，被封裝了起來，在痴呆症的表面底下腐爛。

他在扶手椅坐下，望著大窗子，一把牽起父親的手。父親看著他，彷彿不認識他一樣，但不把手抽開。

9

他來到肉品加工廠。肉品加工廠地處偏僻，被通電柵欄圍繞。食腐客多次試圖闖入，他們才築了柵欄。從前柵欄還沒有通電時，食腐客破壞柵欄爬入廠區，弄得渾身是傷，只為了搶得新鮮的肉。現在有剩肉、不具商業用途的肉塊，以及生病的肉可以撿，他們就心滿意足了。除了他們，沒有人會吃那些肉。

進門前，他待在車上，看著加工廠的廠房幾秒鐘。廠房是白色的，密集，有效率，沒有任何跡象顯示裡頭在屠宰人類。他回想起母親曾拿弗朗西斯科·薩拉莫內[9]設計的屠宰場照片給他看過。屠宰場建物已經毀壞了，但正面完好無損，「屠宰場」幾個大字掛在上頭，像是無聲的打擊。文字巨大，孤零零的，不願意消失。日曬雨淋，強風把石頭颳得千瘡百孔，時間蛀蝕建物正面，但這幾個大字就是拒絕化為碎片。母親說那間屠宰場的正面設計受裝飾風藝術影響，招牌的灰色文字在背景天空的襯托下更顯突出。天色如何並不重要，蔚藍得令人窒息、烏雲密布或是一片咄咄逼人的漆黑，屠宰場那幾個大字都在那兒，訴說這棟美麗建物內所發生的殘忍眞相。「屠宰場」，因爲那裡頭屠宰。母親想要改建艾爾希普雷斯肉品加工廠的正面，但被父親否決了，因爲他認爲一間屠宰場應該被忽視，應該融入景物之中，絕對不該掛上實際的名稱。

値上午班的保全歐斯卡正在閱讀報紙，一見到他開車過來，便快速將報紙闔上，緊張兮兮地跟他打招呼。歐斯卡替他開門，以略微刻意佯裝出的語調對他說：「特霍先生，早安，您好嗎？」他只點了個頭，回應對方。

他下車，抽菸，雙臂撐在車頂上，一動也不動，觀看，用手擦拭汗津津的額頭。

肉品加工廠附近什麼都沒有。一眼望去空無一物。有塊光禿禿的空間，零零星星的幾棵樹和一條腐臭的小溪。他覺得熱，但仍徐徐地抽著菸，延長進門前的每一分鐘。

他直接上樓前往克里格的辦公室。一路上遇到幾名工作人員和他問好，他和他們打招呼，但幾乎沒正眼瞧他們一眼。他在祕書瑪麗的臉頰上吻了一下。瑪麗問他要不要喝咖啡，接著對他說：「我馬上幫你沖杯咖啡，馬可仕，真高興見到你。克里格先生已經開始緊張了，每次你跑業務，他都這副模樣。」他沒有先敲門，徑直走進克里格的辦公室，沒徵求許可，便一屁股坐下。克里格正在講電話，對他微笑，做了個手勢，告訴他馬上就要講完了。

克里格的話語魄力十足，但很省話。他話說得不多，而且說話速度很慢。

克里格就是那種投錯胎的人。他的臉活像一幅失敗的肖像畫，畫師畫壞了，把畫揉成一團，扔進垃圾桶。他就是那種放到哪都看起來格格不入的人。他沒興趣與人類接觸，因此才改建了他的辦公室。首先，他隔絕辦公室與外界的聯繫，唯有他的祕書聽得見他說話、看得見他。之後他加裝了一扇門，這扇門通往一座樓梯，讓他直達肉品加工廠後方的私人停車場。員工鮮少見到他，或者根本見不到他。

9 弗朗西斯科·薩拉莫內（Francisco Salamone, 1897~1959），義大利裔阿根廷建築師。一九三六至一九四〇年間，短短四年間，薩拉莫內於布宜諾斯艾利斯省的二十五個鄉鎮，建造了逾七十棟建物。小說中所描述之屠宰場座落於現今有「鬼鎮」之稱的埃佩昆鎮（Villa Epecuén）。

他知道他的老闆生意經營得非常完美，對算帳和談買賣非常有一套，無人能出其右。說起抽象的概念、市場趨勢和統計數據等，克里格特別在行。他感興趣的只有可食用人類、牲口和產品，對人不感興趣，討厭與人打招呼，討厭與人做無意義的寒暄，比方天氣冷還是天氣熱；討厭必須聽人訴說他們碰上的問題，討厭記人的名字，討厭知道誰誰誰又擅作主張做了什麼事、誰誰誰剛當爸或當媽。這些雜事就是他負責的。他是克里格的左右手，大家都很尊敬他，都很喜歡他，因爲沒有人認識他。沒有人眞的認識他，沒多少人知道他失去一個兒子，老婆跑了，父親在黑暗且失智的沉默中慢慢精神崩潰。

沒有人知道他下不了手殺死關在家中畜棚內的那頭母人。

10

克里格掛斷電話。

「我有兩位應徵者在等待。進來的時候你沒看見他們嗎？」

「沒有。」

「我要你測驗他們。我只有興趣雇用表現最好的。」

「沒問題。」

「跑業務有什麼新鮮事之後再跟我說，這件事比較緊急。」

他起身，準備離開，但克里格做了個手勢，要他坐下。

「還有另外一件事。有工作人員偷了一頭母人，被逮到了。」

「誰？」

「某個夜班保全。」

「我愛莫能助，他們不在我的管轄範圍內。」

「我之所以告訴你，是因爲我得換一家保全公司，又得換了。」

「他是怎麼被逮到的？」

「監視器拍到的，現在我們每天早上都會檢查錄影畫面。」

「那頭母人呢？」

「被他強姦虐死後扔到一座公共籠子內，和其他牲口混在一起。那傢伙甚至沒把牠扔到正確的籠子內，眞是個智障。」

「那現在呢？」

「動產毀壞，得向食品管理局報告，還得報警。」

「保全公司得賠償我們那頭母人的損失。」

「對，這件事也得處理，尤其是因爲那頭母人是第一純潔世代。」

他起身離開，看見瑪麗端著咖啡走過來。瑪麗乍看之下弱不禁風，但他知道要是他吩咐下去，瑪麗可是有本事憑一己之力屠宰一整頭牲口，連眼睛都不眨一下。他對瑪麗做個手勢，告訴她別管咖啡了，然後請她帶他去見應徵者。他們在等候室，進來的時候你沒看見他們嗎？瑪麗自願陪伴他去進行面試，但他說自己去就他解釋牲口在這裡卸貨、秤重和做記號。工作人員也把牲口的頭髮剃光，因爲頭髮可以賣錢，之後把牠們關進繫留場的籠子中，放牠們在那兒休息個一天。「牲口壓力大，肉質不是變硬，就是味道很難吃，會變成劣質肉。」他對兩位應徵者解釋。「這時候會做屠前檢查。」「什麼檢查？」高個兒問。他進一步解釋，任何一項產品，只要有罹患疾病的跡象，就必須將之撤離屠宰作業線。兩名應徵者點點頭。「我們將病畜隔離到特別的籠子內。若牠們恢復健康，就可以送回屠宰作業線上，若病一直好不起來，就會被捨棄。」高個兒開口問：「捨棄的意思是宰了牠們嗎？」「對。」「爲什麼不把牠們退還給養殖場？」高個兒問。「因爲運送費用很貴。我們會通知養殖場這邊捨棄了多少頭牲口，之後他們那邊會記在賬上。」「爲什麼不把牲口的病治好？」「因爲這投資太貴了。」「有牲口送來時已經是死了的嗎？」高個兒繼續發問。他有些驚訝地瞪了高個兒一眼。應徵者通常不會問這類型的問題，這還是頭一回，他覺得很有意思。「很少，但時不時會有。如果收到夭折的牲口，我們會通知食品管理局，他們會來回收。」他知道自己最後這段話是官方版本的事實，因此，也是相對的事實。他曉得——因爲他如此安排——員工會把某些牲口留給食腐客。食腐客用開山刀把肉切下，能帶走多少就帶走多少。他們並不在意肉是否生了病，鋌而走險，因爲他們買不起肉。而他睜一隻眼、閉一隻眼，試圖表現出某種仁慈或憐憫的一面，之所以這麼做，也是因爲這是安撫食腐客、減輕他們飢餓的手段。對肉的渴求可是很危險的。

三人走向繫留場的籠子區途中，他告訴兩位應徵者起初他們會做一些簡單的工作，比方打掃和收集穢物，根據他們表現出的工作能力和忠誠，會再慢慢教導他們執行其他業務。

繫留場的籠子區瀰漫著一股刺鼻的酸味。他認爲這是恐懼的氣味。三人走上一道樓梯，來到一個懸空的高臺，牲口的一舉一動盡收眼底。他請兩位應徵者不要大聲說話，因爲牲口必須保持平靜，任何劇烈的聲響都會令牠們感到不安，牲口越緊張就越難處理。籠子位於底下。雖然卸貨是一大清早完成的，牲口們依舊因爲運送旅途顚簸而焦慮不安，正害怕地動來動去。

他向應徵者們解釋，牲口送達後，會先灑水沖洗，之後再爲牠們做身體檢查。牲口必須禁食，他向他們解釋，我們只給牠們吃一份流質飲食，減少牠們腸子中的殘留物，也減少屠宰後加工肉品時的污染風險。他試著計算自己這輩子重複過多少次這段說明。

另外一位應徵者指著一群身上畫有一個綠色十字記號的牲口。「牠們胸口上的綠色十字是什麼意思？」「那些是被挑選出來，要送去獵場的牲口。專家爲牲口做身體檢查，然後把體能最好的挑出來。獵人需要足以構成挑戰的獵物，他們想要追捕獵物，對固定不動的靶子不感興趣。」「的確，所以大部分身上做了記號的牲口都是公的。」高個兒說。「對，一般來說，母人都很溫馴。我們也試過懷孕母人，結果大爲不同，因爲母人懷孕後變得兇猛。獵場每隔一陣子就會跟我們訂母人。」「那身上被畫了黑色十字的呢？」另外一位應徵者問。「要送去給實驗室的。」另外一位應徵者試圖多說些什麼，但他繼續走下去，不打算告訴他任何關於瓦爾卡實驗室的事，就算他想說，也說不出口。

正在爲牲口做身體檢查的工作人員自籠子內和他打招呼。「明天他們會把今天剛送來的牲口移到藍色籠子，之後牠們會從那裡直接被送去屠宰。」他對兩位應徵者說。三人走下樓梯，前往致昏室。

另外一位應徵者賴著不走，觀看藍色籠子內的牲口，對他做了一個手勢，請他過來，問他這幾頭牲口是否今天就會被屠宰。他回答他說是。另外一位應徵者沉默地看著牲口。

抵達致昏室前，一行人經過幾個紅色的特別籠子。籠子很寬敞，每個籠子內都只關了一頭牲口。應徵者們還沒開口發問，他便搶先解釋這些是準備出口的肉品，是第一純潔世代的牲口。「這是市場上價格最昂貴的肉，因爲養殖時間要花許多年。」他不得不向應徵者們解釋其餘的肉皆經過基因改造，加快其生長速度，增加利潤。「所以我們吃的肉是人工的嗎？都是合成肉嗎？」高個兒問他。「這個嘛，不是。我不會說那是人工的肉或合成肉，我會稱之爲改造過的肉。雖然第一純潔世代的肉是最頂級的肉，滿足挑剔的味蕾，但這些肉吃起來味道也跟第一純潔世代的肉相去不遠。」兩位應徵者沉默不語，一動也不動，望著籠子。籠內的牲口全身被畫滿了代表第一純潔世代的 PGP 縮寫，每成長一年，身上就多一道字樣。

高個兒臉色有些蒼白。他心想這傢伙無法承受接下來要參觀的項目，可能會嘔吐，不然就是昏倒。他問高個兒還好嗎。「嗯，很好，沒事。」高個兒回答他。比較軟弱的應徵者總是這樣。他們需要錢，但這還不夠。

他感覺快累死了，但還是繼續走下去。

說，從不顧慮。小寶寶夭折時，塞希歐並沒有以同情的眼神看著他，也沒有對他說「雷歐現在去當小天使了」，也沒有不知道該怎麼辦、無語地看著他，也沒有刻意迴避他，對待他的方式也沒有不一樣。反之，塞希歐擁抱他，帶他去一間酒吧，把他灌得酩酊大醉，不斷跟他說笑話，說到兩人狂笑飆淚。他心裡的傷痛依舊完好如初，但那件事之後他知道自己有個朋友。有一次，他問塞希歐爲什麼會從事致昏牲口這項工作。塞希歐答說，死的不是牲口，就是他的家人，除了這個活他什麼都不會，更何況薪水還不錯，每次感覺良心不安時，他就想著他的孩子們，想著多虧這份工作，他的家人才能過上比較好的日子。塞希歐告訴他雖然其他肉源尚未消失殆盡，但人肉幫了大忙，控制了人口過剩、貧窮和飢餓等問題，告訴他每個人一生都有一項職責，而肉的職責就是被屠宰，然後被人吃下肚，告訴他多虧他這份工作，人們可以塡飽肚子，他爲此感到自豪。塞希歐還告訴他很多事，但他已經聽不下去了。

塞希歐的大女兒考上大學時，他倆曾一起出去慶祝。舉杯敬酒時，他納悶多少頭牲口的性命支付了塞希歐孩子們的教育開支，納悶塞希歐一生用槌子擊昏過多少頭牲口。他曾請塞希歐擔任他的副手，但塞希歐毅然決然地回答他：「我寧可拿槌子打暈牲口。」儘管遭受婉拒，但他很欣賞塞希歐，沒有要求他多做解釋，因爲塞希歐的話說得簡單明瞭、口氣溫和。

塞希歐走向兩位應徵者，和他倆握了個手。「他負責最重要的工作之一，擊昏牲口。他把牲口打暈，方便之後割喉。塞希歐，示範給他們瞧瞧。」

他請兩位應徵者站上窗戶下方搭建的臺階。臺階高度夠高，致昏隔間內發生的事一覽無遺。

塞希歐走進致昏室裡的隔間，站上平臺，一把抓起槌子，大喊：「好了！送進來吧！」一扇升降門拉開，一頭裸著身子的母人被送了進來。母人年紀不到二十歲，渾身濕漉漉的，雙手被一條塑膠束帶反綁在背後，被剃了個大光頭。隔間裡的空間很狹窄，完全無法移動。垂直滑輪吊軌上有一副不鏽鋼頸套，塞希歐將頸套調整至母人頸子的高度，然後銬上。母人渾身發抖，稍微晃了幾下，想要掙脫，嘴巴張得大大的。

塞希歐瞪著母人的雙眼，拍了牠的頭幾下，動作輕柔得幾乎像是在愛撫牠，不知道是對牠說了些什麼，還是唱了些什麼，他們聽不見。母人一動也不動，變得比較鎮定。塞希歐舉起槌子，敲了母人的額頭一下。這一下力道十分猛烈，迅速且安靜，簡直令人無法想像。母人昏了過去，身體癱軟，塞希歐一解開頸套，母人便整個身體摔落到地上。翻板門打開，致昏隔間的底板傾斜，母人的身體被倒出，滑落到地板上。

一名工作人員進入致昏隔間內，用一條接著鏈條的皮帶綑綁母人的雙腳，剪斷束縛牠雙手的塑膠封條，然後按了一個按鈕。母人的身體被提起來，倒吊著被滑輪吊軌系統運到另一個作業室。工作人員看了休息室一眼，做了個手勢和他問好。他不記得這位工作人員的名字，但知道自己幾個月前錄用了他。

工作人員抓起一條水管，清洗沾滿了母人排泄物的致昏隔間和地板。

高個兒步下臺階，垂著頭，坐在一張椅子上。他心想：這傢伙現在要吐了。然而，高個兒站起身，恢復鎮定。塞希歐笑容可掬地走進休息室，對自己方才的示範感到很自豪。「所以，兩位覺得怎麼樣？想要試試嗎？」另外一位應徵者走向塞希歐，對他說：「嗯，我想。」但塞希歐仰天大笑，告訴他：「不，老兄，你還有得學呢。」另外一位應徵者好似很失望。「聽我解釋，親愛的，要是你把我的牲口一槌敲死了，那肉也被你毀了。要是牲口沒被你擊暈，送去屠宰時還活蹦亂跳的，那肉也一樣被你毀了，懂嗎？」語畢，塞希歐給了另外一位應徵者一個擁抱，笑著搖了他的身子幾下。「現在的年輕人喔！特霍！翅膀還沒長硬，就想飛啦？」所有人哈哈大笑，除了另一位應徵者。塞希歐向他們解釋新手會先使用擊昏槍，「失手機率比較低，你注意到了嗎？但肉質吃起來就不會那麼嫩了。另外一位致昏作業員瑞卡多，現在正在外頭休息那位，他就是使用擊昏槍，正在練習如何使用槌子。他已經在這裡幹了六個月了。」塞希歐最後補上一句：「槌子只有老手可以用。」高個兒問塞希歐對那頭肉說了些什麼，但塞希歐沒有告訴他。他很訝異高個兒居然稱被致昏的母人為「肉」，而不是「牲口」或「產品」。塞希歐回答高個兒每個致昏作業員都有自己的一套祕訣，擊昏牲口前讓牲口保持鎮定，而每一位新的作業員必須找到自己的方法。「為什麼牠們不會叫？」高個兒問。他不想回答，他想躲去其他地方，但此刻只能就在這裡。回答的人是塞希歐：「因為牠們沒有聲帶。」

另外一位應徵者登上臺階，看著致昏室，雙手撐在窗戶上，眼神流露出焦急，一副迫不及待的模樣。

他心想另一位應徵者是個危險人物。這麼急切想殺人的人很焦躁，無法承擔屠宰作業的例行公事、機械式的動作，無法平心靜氣地屠宰人類。

12

一行人離開休息室。他向兩位應徵者解釋現在要去屠宰區。「我們會進去嗎？」另外一位應徵者問。他神情嚴肅地看著對方。「不會。」他回答。「我們不會進去，因爲如同我先前跟你解釋過的，我們現在並沒有穿著規定的裝備。」另外一位應徵者看著地板，沒有答話，不耐煩地將雙手插入褲子口袋內。他懷疑另外一位應徵者可能是假應徵者。三不五時會有人冒充應徵者，只爲了親眼目睹屠殺的場面。這些人享受屠宰的過程，認爲屠宰很新奇，想在人生中添上一筆多采多姿的奇聞軼事。他認爲這些人根本沒有勇氣接受且承擔這份工作的重量。

三人沿著一條走廊前進。走廊有一扇長形的窗子，正對著割喉室。作業員各個身著白衣，處於雪白的作業室內。雖然表面上看起來很整潔，實際上沾滿了無數噸的鮮血。鮮血落入集血桶，噴濺到牆壁、工作服、地板和雙手上。

牲口被一道自動滑輪吊軌運入割喉室內。共有三具人體被倒吊著，其中一具已經被割喉放血了，接下來才要輪到另外兩具。其中一具人體是方才被塞希歐擊昏的那頭母人。作業員按下一個按鈕，已經完成放血的那具人體繼續沿著滑輪吊軌前進，同時另外一具人體被運到集血桶上方，作業員一個手起刀落，割破人體的頸子，人體稍微顫抖了幾下，鮮血涓涓流落桶子內。作業員的圍裙、褲子和靴子全沾滿了血。

另外一位應徵者問肉品加工廠會如何處理這些血。他決定無視這個問題，不回答他。高個兒說：「血會被拿去當肥料。」他看了高個兒一眼，高個兒對他微微笑，說他父親曾在一間昔日的肉品加工廠工作過一陣子，告訴過他某些事。最後這段話，「昔日的肉品加工廠」，高個兒是低著頭小聲說出的，彷彿他感到悲傷，或是無奈。他回答高個兒，從前牛隻的血會被拿去製作肥料。「這些血有其他用途。」但他沒明說是什麼用途。

另外一位應徵者說：「還可以拿來做好吃的血腸，對吧？」他盯著另外一位應徵者，沒有答話。

作業員心不在焉，正在和另外一位工作人員聊天。

他發覺那名作業員耽擱太久了。先前被塞希歐擊暈的那頭母人開始動來動去的，而作業員根本沒看見。母人搖動身子，一開始慢慢地搖，之後更加用力地晃，動作之猛烈，成功將雙腳掙脫原本就沒綁死的皮帶，猛力摔落，在地板上顫抖不止，白皙的皮膚沾上之前被割喉的牲口的鮮血。母人抬起一隻手臂，試圖起身。作業員轉身，無動於衷地看著母人，拿起一把致昏槍，朝母人額頭開了一槍，然後重新把牠吊掛起來。

另外一位應徵者靠向窗子，觀看這一幕，露出一個似笑非笑的表情。高個兒一手摀住嘴巴。

他敲敲窗戶。作業員嚇了一跳。作業員先前沒看見他，知道這個疏失可是會害他丟了飯碗。他對作業員做了個手勢，叫他出來。作業員請同事接手他的工作，接著走出割喉室。

他喊出作業員的名字，和他打招呼，接著告訴他方才發生的事下不為例。「那個肉懷著恐懼死去，味道會變得很難吃。你拖拖拉拉的，塞希歐的工作成果都被你毀了。」作業員盯著地板，說剛才的事是他的錯，請他原諒，不會再犯了。他回答作業員要把他調到內臟處理室，要他等候新的通知。作業員無法掩飾噁心的表情，但點了一下頭。

其餘作業員已經開始將塞希歐擊昏的那頭母人放血了。還有另一頭母人等著被割喉。

高個兒彎下身子，雙手抓著頭蹲著。他拍了高個兒的背一下，問他還好嗎。高個兒沒有回答他，只做了一個手勢，請他讓他靜一下。另外一位應徵者繼續看著割喉作業，看得入迷，根本沒注意到發生了什麼事。高個兒站起身，臉色蒼白，額頭盜汗，恢復冷靜後，繼續觀看眼前這一幕。

三人看著被放乾血的母人在滑輪吊軌上移動，一名作業員解開綁住母人雙腳的皮帶，母人的身體落入浸燙池中，和其他屍體一起在滾水中載浮載沉。另一名工作人員用一根棍子將屍體壓入水中攪拌。高個兒問把屍體壓入水中，會不會害它們的肺裡積滿受污染的水。他心想：「好一個小聰明。」接著對高個兒解釋說會，但進的水不多，因為它們已經停止呼吸了，肉品加工廠的下一項投資就是購買噴淋式的燙毛機。「使用那種機器，每頭牲口獨立燙毛，而且是直立處理。」他說明。

作業員將其中一具漂浮在水池中的屍體放到格柵式托架上。托架升起，將屍體投入刨毛桶中。屍體開始在桶中翻轉，一組帶有刨刀的滾筒開始替屍體刨毛。時至

13

他向兩名應徵者做了個手勢，要他們跟他走。一行人前往內臟處理室。緩慢前進的同時，他告訴他們產品幾乎每個部位都被充分利用。「幾乎沒有任何部位被浪費。」另外一位應徵者看著一名作業員檢查用噴燈燎毛完畢的屍體。就這樣，屍體的毛髮被除得精光，可以清除內臟了。

抵達內臟處理室前，三人經過分切室。滑輪吊軌連通屠宰作業線的每一個作業室，移動屍體，讓屍體經過每一站。一行人隔著長形窗戶，看見塞希歐擊昏的那頭母人被作業員用鋸子鋸下頭顱和四肢。

三人駐足，觀看。

一名作業員一把抓起頭顱，把頭顱帶到另外一張工作臺上挖出眼珠，接著把眼珠擺在一個有牌子寫著「眼珠」的盤子上；扒開嘴巴，切下舌頭，將舌頭擺在一個有牌子寫著「舌頭」的盤子上；切下耳朵，將耳朵擺到一個有牌子寫著「耳朵」的盤子上。作業員接著拿起一把錐子和一把槌子，小心翼翼地敲擊頭顱的下半部，敲破一小塊顱骨，然後小心翼翼地取出大腦，將大腦擺到一個有牌子寫著「腦」的盤子上。

頭顱內現在空無一物。作業員將頭顱放入一個裝有冰塊、有牌子寫著「頭」的箱子內。

「頭會如何處理？」另外一位應徵者有些強忍興奮地問。他下意識地回答：「有很多用途，比方送去全國各地，賣給人做土窯人頭或碳烤人頭。」高個兒說：「我從來沒吃過，但聽說非常好吃。肉不多，烤得好的話眞是便宜又美味。」

另外一位作業員已經把鋸下的雙手雙腳收集在一起，清洗乾淨後收入貼有對應部位標籤的箱子內。手臂和腿會和屠體一起出售給肉舖。他解釋所有的產品冷藏前都會確實清洗，並經由檢查員檢查。他指著一名男子。男子的穿著與其他作業員並無二致，但手裡拿著一個文件夾，正在紀錄資料，此外還帶著一個合格檢驗印章，時不時就會拿出來蓋。

塞希歐擊昏的那頭母人已經被剝了皮，無法辨認。少了皮膚和四肢，母人儼然跟屠體沒兩樣。三人看著一名作業員將剝皮機剝下的人皮舉起，在幾個長箱子上鋪平。

三人繼續前進。長形窗戶的另一側現在是中段屠宰室或分切室。被剝了皮的屍體在滑輪吊軌上移動。作業員一刀精準地自陰部割到腹腔叢。高個兒問爲什麼每具屍體都由兩名作業員處理。他回答一個負責切割，另一個負責把肛門縫起來，避免任何可能污染產品的物質流出。另外一位應徵者笑了幾聲，接著說：「我可不想幹這個活兒。」他心想自己連這個活兒也不會分配給這傢伙。高個兒也對另外一位應徵者感到厭煩，不屑地看著他。

腸子、胃和胰臟掉落到一張不鏽鋼工作臺上，接著被幾名工作人員拿到內臟處理室。

被剖開的屍體沿著滑輪吊軌移動。一名作業員在另一張工作臺上切開屍體的胸腔，取出腎臟和肝臟，分開肋骨，切下心臟、食道和肺。

三人繼續前進，來到內臟處理室。幾張接有排水管不鏽鋼工作臺上擺著白色的內臟。工作人員推了內臟一把，內臟滑落水中，好似一片緩慢翻騰的海洋，自有一套搖曳的節奏。工作人員對內臟進行檢查、洗淨、剝除外層薄膜、分解、分類、分切、秤重、保存。他們看著作業員舉起腸子，在腸子外層抹上好幾層鹽巴，然後放入箱子內保存，看著作業員將腸繫膜上面的脂肪裁掉，在腸子內注射空氣，檢查是否有破洞，看著作業員清洗胃，接著在胃上割了一刀，流出一股介於褐色和綠色之間、說不上來是什麼形狀的內容物，然後把那玩意兒扔掉，看著作業員清洗被掏空且被割了一刀的胃，看著他們將胃烘乾縮小、切成條狀，接著壓縮成某種類似可食用海綿之類的東西。

他們在另外一間比較小的作業室內看見許多紅色內臟掛在鉤子上。作業員將內臟檢查洗淨，確認合格後保存起來。

他總是納悶，一整天大部分的時間都在把人類的心臟存放到箱子內，到底是怎麼樣的工作。作業員心裡都在想些什麼？他們曉得自己手中的那個玩意兒不久前還在跳動嗎？他們會在意嗎？接著他想到自己一生大部分的時間還不是都在監督這群人。這些人遵從他的指示割喉放血、清除內臟，若無其事地將男男女女大卸八塊。一個人幾乎可以習慣任何事情，除了兒子夭折。

他們每個月得宰殺多少頭牲口，他才支付得起父親安養院的費用？他們必須屠宰多少人類，他才忘得了那晚他將雷歐抱上搖籃，幫他蓋被子，唱歌哄他入睡，隔

14

他向兩位應徵者解釋現在他們即將抵達屠宰流程的最後一站，要去參觀將屠體剖半的作業室。三人透過一扇正方形的小窗，看見一間作業室。和先前的作業室相比，這裡更爲狹窄，但一樣雪白明亮。兩名男性作業員手持電鋸，穿著符合規定的服裝，但佩戴頭盔和黑色塑膠靴，將屠體鋸成兩半。作業員也佩戴面罩，遮住臉，好似十分專注。另外幾名工作人員檢查剖半前便取下的脊椎骨，然後將脊椎骨保存起來。

其中一位電鋸操作員看了他一眼，但沒有和他打招呼。那人是貝德羅．曼薩尼尤，他一把抓起電鋸，鋸開一具屠體，下刀的勁道更加猛烈，好似怒火中燒，但手法又無比精準。他知道每次自己在場總令曼薩尼尤心煩意亂，他試著不跟曼薩尼尤狹路相逢，但避也避不開。

他向兩位應徵者解釋，用電鋸鋸開屠體後，剖半的屠體會經過清洗、檢查、蓋上檢驗合格戳章、秤重，最後放入風乾室，在足夠的低溫下保存。「可是，低溫不會讓肉質變硬嗎？」另外一位應徵者問。他向他們解釋在低溫環境下，化學過程反而會讓肉質變軟。他舉出許多名詞，諸如乳酸、肌凝蛋白、ATP[10]、糖原和酶。另外一位應徵者點頭如搗蒜，彷彿聽得懂。「產品的各部位運送到各自的目的地後，我們的工作就結束了。」他說，想結束這段導覽行程，出去抽根菸。

曼薩尼尤把電鋸放到一個工作臺上，又看向他，緊盯著他不放，因爲他知道自己做了份內該做的事，一點都不感覺內疚。從前曼薩尼尤和另外一名電鋸操作員搭檔工作，大家稱呼那人爲百哥，因爲他上知天文下知地理，就像一本百科全書一樣。百哥知道許多艱澀詞彙的意思，休息時間總是在看書，起初大家還取笑他，後來百哥跟大家講述他在書中讀到的故事時，所有人反倒是聽得入迷。百哥跟曼薩尼尤情同手足，兩人住在同一區，彼此的妻小也是朋友，總是一起抵達公司，是不折不扣的好團隊。然而，百哥開始有所改變。漸漸改變。一開始只有他察覺，覺得百哥變得比較沉默寡言，休息時間總盯著繫留場籠子內的牲口。百哥的體重下降，黑眼圈冒出來了，將屠體鋸半的速度開始耽擱，有事沒事就生病，常常沒來上班。有一天，他找上百哥，問他發生了什麼事，但百哥只回答他說沒事。隔天，一切好似恢復正常，他一度信了百哥的話。某天下午，百哥說他要去休息一下，但沒有人發覺他帶走一把電鋸。百哥跑去繫留場的籠子區，開始把籠子一一打開，任何作業員上前阻止他，就遭他揮舞著電鋸威脅。有些牲口逃了出去，但大部分的牲口都待在籠子內，搞不清楚狀況，惶恐不安。百哥對著牲口大喊：「各位不是畜生，要被他們殺了，快跑啊，你們得逃出去。」彷彿牲口聽得懂他在說什麼一樣。某人成功用槌子敲了百哥一下，百哥昏厥倒地，他的顛覆行爲只讓屠宰作業延後了幾個小時，唯一得到好處的人是工作人員，得以暫時放下工作休息，拿這場鬧劇消遣。逃出去的牲口沒能逃多遠，又被關回籠子內。

他必須開除百哥，因爲精神失常的人無藥可救。然而，他跑去找克里格談，請克里格把百哥交給他處理，還請克里格掏錢讓百哥去看精神科，但一個月後百哥飲

10 ATP 意指三磷酸腺苷（英語為 adenosine triphosphate）。ATP 的分解程度對屠宰完成之食肉之鮮味有很大的影響。ATP 之分解由肉品自有之分解酵素促成，其反應速度主要由保鮮溫度決定。

彈自盡，妻小不得不搬離社區。那件事之後，曼薩尼尤每次看見他的眼神是打從心底憎恨他。他很尊敬曼薩尼尤這一點，哪天曼薩尼尤連看都不看他一眼，恨意不再支撐他，他反而會擔心，因爲恨給人繼續活下去的力量，支撐起脆弱的結構，將人的思緒編織起來，不讓空虛占據一切。他也好想因爲兒子的死而憎恨某人。但，兒子是猝死，可以怪誰呢？他試著憎恨上帝，但他根本不信上帝。他試著憎恨全人類，恨人的生命如此不堪一擊，稍縱即逝，但他根本站不住腳，因爲憎恨所有人，就等於是不憎恨任何人。他也希望自己能夠和百哥一樣精神崩潰，但這件事從來沒發生。

另外一位應徵者默不吭聲，臉緊貼在窗子上，看著一具具屠體被鋸成兩半，如今已不掩飾臉上的笑容。他也好想能夠有一樣的感覺。有一回他決定晉升某位負責清洗地板鮮血的作業員，派那人去將器官分類裝箱，那個當下他好想從中感覺快樂或興奮。他也好想至少能夠冷眼看待這一切。他更仔細地看了看另外一位應徵者，發現那傢伙在夾克上藏了一隻手機。他是怎麼把手機夾帶進來的？保全人員不是對他們搜過身，要他們交出手機，且告訴他們嚴禁錄影拍照了嗎？他走向另一位應徵者，一把抓起他的手機，把手機扔到地上，砸個稀巴爛，接著猛力抓住他的手臂，在他耳邊怒火中燒地說：「永遠別再來了，我要把你的資料和照片寄給每一間我認識的肉品加工廠。」另外一位應徵者轉過身，絲毫也不感到意外或羞恥，半句話都沒吭，就厚臉皮地瞪著他，對他微笑。

15

他送兩位應徵者到出口。在那之前，他先打了通電話給保全組組長，請他把另外一位應徵者帶走。他和保全組組長解釋事發經過，組長請他別擔心，他會處理。他告訴保全組長之後他倆得談談，這件事根本不應該發生。他在腦子裡提醒自己之後也得和克里格談談。將保全外包給外面的公司眞是大錯特錯，他早就跟克里格說過了，但不得不再跟他提一次。

另外一位應徵者已經笑不出來了，但被人帶走時也沒有抵抗。

他和高個兒握手道別，並和他說：「我們會再打電話給你。」高個兒和他道謝，但態度不是半信半疑。每次都這樣，他心想，但換成別種反應那才奇怪。頭腦眞正正常的人才不會感謝可以做這份工作。

16

上樓把報告交給克里格之前，他先抽了根菸。手機響了，岳母打來的。他接聽，說「妳好，葛蕾席菈」，他沒看著螢幕，但電話另一頭傳來凝重且令人緊張的沉默。這時他發現打來的人是塞希莉雅。

「你好，馬可仕。」

這是塞希莉雅跑回娘家後第一次打電話給他。他覺得塞希莉雅看上去很憔悴。

「嗨。」

他吸了另一口菸，曉得這將是一段困難的對話。

「你好嗎？」

「正在肉品加工廠。妳呢？妳好嗎？」

塞希莉雅沒有馬上回答，拖了很久才回話。

「嗯，我看得出來你在肉品加工廠。」

但塞希莉雅並沒有看著螢幕，她沉默了幾秒鐘，沒有直視他的雙眼，對他說：

「不好，我還是不好。我覺得我還無法回去。」

「你爲什麼不讓我去見妳？」

「我需要獨處。」

「我想妳。」

話語是黑洞，一個吸收任何聲音、任何粒子和任何呼吸的黑洞。塞希莉雅沒有回答。他說：

「我也發生同樣的事啊，我也失去他。」

塞希莉雅默默哭泣，用手遮住螢幕，他只聽得見塞希莉雅低聲說「我受不了了」。兩人之間有一道深淵，一場磕磕撞撞的自由落體跳傘。塞希莉雅把電話遞給媽媽。

「你好，馬可仕。她的狀況非常糟，請你原諒她。」

「嗯，葛蕾席菈，沒事的。」

「親一個。她會好起來的。」

兩人掛斷電話。

他繼續坐了一會兒。工作人員從他身邊經過，看著他，但並不打擾他。他在一處可以吸菸的戶外休息區，看著樹冠隨風搖擺。微風稍微舒緩他的炎熱。他喜歡樹葉打來打去的節奏和聲音。樹不多，荒蕪中只有四棵樹，但樹木與樹木緊緊相鄰。

他知道塞希莉雅永遠也不會好起來。他知道塞希莉雅壞了，她的碎片不可能重新拼湊起來。

他最先回想起的，是放在冰箱裡的藥。藥裝在一個特別的容器內，確保保冷不中斷，他們把藥帶回家，興奮之餘也債臺高築。他回想起塞希莉雅請他幫她在肚子上注射的第一劑。塞希莉雅注射過數百萬次、數萬億次、無數次，但還是希望由他來開始這個儀式，一切的起源。他的手微微顫抖，因爲他不希望塞希莉雅感到疼痛，但塞希莉雅總說：「來吧，打下去吧，親愛的，心甘情願地打，不會有事的。」塞希莉雅抓住肚皮上的一道皺褶，他爲塞希莉雅注射，塞希莉雅感覺疼痛，對，因爲那藥冰冰冷冷的，塞希莉雅感覺藥流竄進自己體內，但面露微笑假裝沒事，因爲那是機會的開端。未來的開端。

塞希莉雅的話語像是一條光耀奪目的河流、一道氣流，好似閃閃發光的螢火蟲。兩人原本還不曉得有一天得尋求治療。塞希莉雅常說希望孩子的眼睛像他，但鼻子像她；嘴巴像他，但頭髮像她。他每次聽了都笑個不停，因爲塞希莉雅也笑個不停。聽著塞希莉雅的笑聲，父親、安養院、牲口、鮮血和致昏作業員的猛力敲擊全消弭無蹤。

還有另外一個畫面有如爆炸般在他腦中迸出來。塞希莉雅打開信封、看見抗穆勒氏管荷爾蒙[11]的檢查結果時的表情。她無法理解，數値怎麼那麼低？塞希莉雅看著那張紙，半句話都說不出來，最後緩緩開口：「我很年輕，理當可以製造更多卵子才對。」但說這句話時塞希莉雅惶恐不安，因爲她自己就是護士，心裡很清楚年輕並不能保證任何事情。塞希莉雅看著他，用眼神向他求助，他一把抓過報告書，將報告書對摺，擱在桌上，接著告訴塞希莉雅不要擔心，一切都會沒事的。塞希莉雅開始號啕大哭，他只能抱住她，親吻她的額頭和臉頰，同時不斷告訴她「一切都會沒事的」，儘管他曉得事實並非如此。

之後他們注射了更多藥劑，試了更多藥片，塞希莉雅製造了更多品質低劣的卵子，他多次進到小隔間，看著螢幕上的裸女，扛著壓力，在塑膠杯內灌滿精液。兩人缺席了許多親友小孩的受洗儀式，因爲這句「你們什麼時候要生第一胎呀？」被問得都煩了。他不被允許進入手術室，無法握住塞希莉雅的手，無法讓她感覺不那麼孤單。負債越來越多。別人、那個生得出孩子的誰誰誰又喜獲麟兒了。水腫，心情改變，爭吵是否該領養小孩，銀行來電，想要逃離別人家小孩的慶生會，更多荷爾蒙，慢性疲勞，更多無法受精的卵子，哭泣，傷人的話語，一年又一年沉默的母親節，懷胎的希望。爲孩子取名的選項列表：是男孩的話，就叫他雷歐納多，是女孩的話就叫她亞里雅。被無可奈何地扔入垃圾桶的驗孕棒，口角，尋找捐卵者，遺傳相似度，銀行寄來的信件，等待，恐懼，接受懷孕與否和染色體無關這個事實，抵押貸款，懷孕，產子，狂喜，幸福，死亡。

---

11 抗穆勒氏管荷爾蒙（Antimulleriana）為女性卵巢內的小濾泡的顆粒層所分泌之荷爾蒙，可作為卵巢內卵子庫存量的指標。年齡增長、卵巢功能衰退，都會導致數值下降。

17

他回到家時已經很晚了。

他打開畜棚的門，看見母人蜷縮成一團，正在睡覺。他爲母人更換飲水，添加食物。母人被均衡飼料撞擊鐵盤的聲音嚇醒，沒有靠過去，恐懼地看著他。

他想，得幫母人洗澡，但不是現在，不是今天。今天他還有更重要的事得處理。

他走出畜棚，沒把門關上。母人緩緩地跟上他的腳步，但被繩索拴住，卡在畜棚入口。

他進到屋內，徑直來到兒子的房間，抓起搖籃，把搖籃放到草地中央，接著來到畜棚內尋找斧頭和煤油。母人站在原地，看著他。

他僵站在搖籃旁。夜空繁星密布，這些天空上的光芒美得無與倫比，令他喘不過氣來。他進到屋內，打開一瓶威士忌。

他站在搖籃旁，沒有哭泣，看著搖籃，以瓶就口喝著威士忌。他首先舉起斧頭。他需要把這個搖籃劈爛，一面劈著搖籃，一面回想雷歐剛出生時，自己將他的小腳丫捧在手中。

接著他將煤油澆在搖籃上，點燃一根火柴，灌了更多威士忌。天空好似一片靜止的汪洋。

他看著搖籃上手繪的插畫漸漸消失。相擁的小熊和鴨子熊熊燃燒，變形，蒸發。

他看見母人正在觀察他，好似對火焰感到著迷。他走進畜棚內，母人嚇得要死，縮成一團。他左搖右晃地站著。母人渾身發抖。把牠也砍個稀巴爛會怎麼樣？牠是他的，他想對牠做什麼，就對牠做什麼，可以殺死牠，可以屠宰牠，可以讓牠痛苦。他一把抓起斧頭，沉默地看著母人。這頭母人是個麻煩。他舉起斧頭，站上前，斬斷繩索。

他走出畜棚，在草地上躺下，躺在靜謐的夜空星光下。億萬繁星點點，冰冷，死寂。天空是玻璃做的，一種不透明的固體玻璃。月亮儼然像是一名怪異的神祇。

他已經不在意母人是否逃跑。他已經不在意塞希莉雅是否回家。他最後看見的畫面是畜棚的門，以及母人，這個望著他的女人。母人好似在哭。然而，母人無法理解發生了什麼事，牠不知道搖籃是什麼，牠什麼都不知道。搖籃燒成餘燼時，他已經在草地上睡著了。

正在吃的東西動了一下，還活著。他定睛一瞧，是他的兒子，正在哭泣，但沒發出任何聲音。他心急如焚，想要救兒子，但他動彈不得，發不出聲音，只能試著大吼。父親站起身，在房間內繞圈行走，沒有看他一眼，也沒有看正被狼啃咬成碎片的孫子。他哭泣，但沒有淚水，吼叫，想要逃出他的身體，但辦不到。一名手持鋸子的男子現身，可能是曼薩尼尤，但男子的臉模糊不清，他看不見。有一道光線。天花板上掛著一顆太陽。太陽移動，製造出一個黃色光芒的橢圓形。他不再去想著兒子的事，彷彿兒子從來都沒存在過。那名可能是曼薩尼尤的男子鋸開他的胸膛，把他的胸膛扒開。他絲毫沒有感覺，還檢查男子鋸得好不好，然後和他握了個手，恭喜他完成工作。塞希歐走進房間，仔細地觀察他。塞希歐好似很專心，不跟他說話，彎下身子，一手插入他的胸腔內做檢查，移動手指翻攪，然後摘下他的心臟，吃下心臟的一小塊。鮮血從塞希歐的嘴角滴落。心臟還在跳動，但塞希歐把心臟扔到地板上，一面把心臟踩扁，一面在他耳邊說：「沒有比看不見自我更糟糕的事。」塞希莉雅捧著一顆黑色石頭走進房間。她有著斯帕涅的臉孔，但他曉得這人是塞希莉雅。塞希莉雅面露微笑。太陽移動得更快了，橢圓形變大，石頭閃閃發亮，跳動。野狼發出一聲號叫。父親坐著，望著地板。塞希莉雅把他的胸膛扒得更開，把石子塞入他體內。塞希莉雅看起來好美，他從沒見過她如此容光煥發。塞希莉雅轉身。他不希望塞希莉雅離開，試著呼喚她，但喊不出聲。塞希莉雅幸福洋溢地看著他，抓起一把槌子，在他的額頭正中央敲了一下，將他擊昏。他摔落到地上，但地板打開，他就繼續墜落，因爲胸膛內的那顆石子讓他陷入一個白色的深淵。

他抬起頭，睜開眼睛，接著又把眼睛閉上。他從來不記得夢境，從沒記得如此清楚過。他把雙手放到後頸上。不過就是夢一場，他心想，但一股不安穩的感覺刺穿他。一種陳年的恐懼。

他望向一邊，看見搖籃燒完的灰燼，接著望向另一邊，看見母人躺臥在距離他的身體非常近的位置。他嚇得站起身，但搖搖晃晃，又一屁股坐在地上。我做了什麼？爲什麼牠被鬆綁了？爲什麼牠沒有逃走？牠在我身旁睡覺是怎麼一回事？

母人蜷縮成一團睡覺，看似睡得很安穩，白皙的肌膚被太陽照得閃閃發亮。他就要觸摸牠，他想觸摸牠，但母人微微顫抖，彷彿正在做夢，他便把手抽開。他看著母人的額頭。額頭上有一道烙印，財產的符號，價值的象徵。

他看著母人的頭髮。頭髮還沒被剪下賣掉，又直又長，髒兮兮的。

這頭被剝奪說話能力的生物身上有某種純潔，他心想，同時以一隻手指沿著母人的肩膀、手臂、臀部和雙腿的輪廓畫過，一路描繪到腳掌。他沒有觸摸母人，手指距離牠的肌膚一公分，距離遍布牠全身的 PGP 縮寫字樣一公分。牠好美，他心想，但這是無用之美。長得漂亮不代表吃起來就比較美味。他並不驚訝自己竟然有這種想法，也沒有在這個念頭上打轉。每次在肉品加工廠內遇到引起他注意的牲口，他都是這麼想的。每天被送來的牲口何其多，總有某頭母人與衆不同。

他在母人身旁躺下，距離非常近，但沒有磨蹭到牠。他感覺得到母人的體溫，牠不疾不徐的呼吸。他靠得更近一點，跟著牠的節奏呼吸，慢慢地呼吸，非常非常慢。他感覺得到母人的氣味。體味很濃，因爲牠渾身髒兮兮的，但他喜歡，聞起來好似茉莉花醉人的芬芳，狂野、刺鼻、令人愉悅。他的呼吸加速，有個什麼東西令他感到興奮。這個近距離，這個機會。

他突然爬起身，母人嚇得醒來，不知所措地看著他。他一把抓住母人的手臂，溫柔、但堅決地把牠牽進畜棚，接著把門關上，回到屋內，快速地洗了個澡，刷牙更衣，吞了兩顆阿斯匹靈，然後跳上車。

今天他休假，但他驅車前往市區，不假思索，一路往前。

他來到斯帕涅的肉鋪。時間很早，肉鋪還沒開門，但他知道斯帕涅在肉鋪內睡覺。他按了門鈴。阿狗開門。他沒和阿狗打招呼，一把將他推開，兀自走向肉鋪後方的房間，關上房門，將門反鎖。

斯帕涅站在木桌旁，神情十分鎮定，彷彿原本就在等待他，絲毫不感到意外，手裡拿著一把刀，正在切一條掛在鉤子上的手臂。手臂看起來很新鮮，彷彿是不久前才從某人身上摘下來的，不是肉品加工廠的手臂，因爲並沒有事先放血，人皮也沒剝除。桌上滿是鮮血，地板上也是。血滴徐徐滴落，慢慢積成一片血泊。房間內只聽得見血滴打在桌子和地板上的聲音。

他走向前，好似有話要對斯帕涅說，但一手伸入她的頭髮中，抓住她的後頸，使勁抓住她、親吻她。起初狼吞虎嚥地吻，後來憤怒地吻。斯帕涅試圖抵抗，但只稍微試圖抵抗。他扯下斯帕涅沾滿鮮血的圍裙，然後再次親吻她，吻的方式彷彿像是想要打碎她，但慢慢地吻，一面脫下她的襯衫，一面咬她的頸子。斯帕涅拱起身子，顫抖，但默不作聲。他把斯帕涅翻過身，一把將她推到桌子上，脫下她的褲子，拉扯她的內褲。斯帕涅用力呼吸，等待，但他決定讓斯帕涅難受，想從那裡進去，背對著她的冷漠，背對著她尖酸刻薄的話語。斯帕涅看著他，求他，幾乎是苦苦哀求，但被他無視。他抓住斯帕涅的頭髮，逼她用嘴巴解開他牛仔褲的拉鍊。自鉤子上的手臂滴下的鮮血落在距離桌緣很近的位置，打在斯帕涅的雙唇間，以及他的胯下。他先是脫牛仔褲，接著脫下靴子，最後脫下襯衫，全身一絲不掛，靠向桌緣。鮮血沾上他的身體，他向斯帕涅指著需要清理的部位，指著他硬梆梆的肉棒。斯帕涅服從指令，舔了起來，起初小心翼翼地舔，接著死命地舔，彷彿血弄得還不夠髒，還需要她弄得更髒。他更加用力地拽住斯帕涅的頭髮，做了一個手勢，要她動作慢一點。斯帕涅乖乖照辦。

他想要斯帕涅呻吟，想要她的肌膚不再是一片靜止空虛的海，想要她的話語破碎、溶解。

他脫掉斯帕涅的褲子，扯下她的內褲。他聽見一道聲響，看見阿狗正透過門上的小窗看著他倆。他覺得阿狗做得很好，盡心盡力扮演好忠犬和溫順僕人的角色，守護著他的主人。阿狗視而不見的眼神，以及最終出手攻擊他的可能性，在在令他大呼爽快。

他只頂了一下，精準地插入斯帕涅的體內。斯帕涅默不作聲，顫抖著身子，克制自己。鮮血依舊滴落在桌上。

阿狗想要開門。門鎖住了。他看得見阿狗的怒氣，在空氣中感受得到他的怒氣。他在阿狗的眼中看見威嚇。阿狗惱怒的模樣帶給他快感，他直盯著阿狗，一把揪住斯帕涅的頭髮。斯帕涅默不吭聲，抓撓桌面，指甲沾滿了血。

他把斯帕涅翻過身，接著站到幾步之外的距離，看著她，然後在一張椅子上坐下。斯帕涅走向他，跨站在他雙腿的正上方，但他突然站起身，一把將椅子推倒，抱起斯帕涅，用身體將她壓在其中一個冰箱的玻璃門上。門的另一側擺放著許多手掌、腳掌和人腦。斯帕涅親吻他，焦急卻不失拘謹。

斯帕涅用雙腿纏住他的腰，雙手抓住他的頸子。他更加用力地將斯帕涅頂在冰箱的玻璃門上，插入她的體內，抓住她的臉，直直瞪著她的雙眼，緩慢抽插，緊盯著她不放。斯帕涅感到惱火，扭動著頭，想要掙脫，但他不鬆開她。他感受斯帕涅幾近垂死掙扎的急促呼吸。斯帕涅停止扭動身子後，他愛撫她，親吻她，並繼續慢慢地抽插。此時，斯帕涅放聲呻吟，叫聲之淒慘，彷彿這個世界並不存在，彷彿話語裂成兩半，並喪失所有的意義，彷彿地獄底下還有另一個地獄，一個她無意逃離的地獄。

他穿上衣服。斯帕涅赤身坐在椅子上抽菸，對他微微笑，露出全部的牙齒。

19

他上車，點燃一根香菸，正要發動車子時手機響了。是他妹妹打來的。

「喂？」

「喂？馬可仕，你在哪裡？我看見很多大樓，你在市區嗎？」

「嗯，我來辦一些手續。」

「既然如此，來我家裡吃午餐吧。」

「不了，我得去公司。」

「馬可仕，我非常清楚你今天休假，我打去肉品加工廠時，接電話的女士是這麼說的。我很久沒見到你了。」

他寧可去找妹妹，也不要回家，因爲家裡有頭母人。

「好吧，我過去就是了。」

「我煮幾個特級腎給你吃，用檸檬和香草醃製的，包你吃了吮指回味。」

「我現在不吃肉，瑪里莎。」

妹妹驚訝且有些狐疑地看著他。

「你該不會變成蔬食狂熱份子了吧？」

「不過是照顧身體健康罷了，是醫生建議我不吃肉的，就一陣子不吃而已。」

「你發生什麼事了？別嚇我，馬可仕。」

「沒什麼大不了的問題，只是膽固醇有點偏高，沒事。」

「嗯，我的身體遲早也會出毛病，不過你就來吧，我想見你。」

才不是什麼照顧健康。自從兒子死後他就沒吃過肉了。

一想到要和妹妹見面，他便鬱鬱寡歡。推託不掉時，他會完成這道程序。他不曉得妹妹到底是什麼人，並不是眞的認識她。

他開車在市區內慢慢閒晃。有人，但城市看上去一片荒涼，不只是因爲人口減少了，而是因爲打從動物絕跡之後，市區內便充斥著一股寂靜。沒有人側耳傾聽那寂靜，但寂靜一直都在那兒，迴盪。從人們的表情、動作和互相注視的方式看得出那股無聲的刺耳，彷彿所有人的生活定格，正在等待這場惡夢結束。

他抵達妹妹家，下車，有些無奈地按了門鈴。

「哈囉！小馬可仕！」

妹妹的話語有如裝滿空白紙張的箱子。妹妹給了他一個無力且倉促的擁抱。

「雨傘給我。」

「我沒有。」

「你瘋了不成？什麼叫你沒有？」

「就是我沒有，我住在田野中間，鳥根本不會對我造成什麼問題。瑪里莎，只有住在市區的人才會怕東怕西的。」

「快進門吧，好嗎？」

妹妹環顧四周，把他推進門，擔心鄰居撞見哥哥沒有打傘。

他知道接下來自己將履行一貫的儀式，比方聊些雞毛蒜皮的瑣事，瑪里莎會暗示她無法照顧父親，他會叫瑪里莎不必擔心，他會和兩個跟陌生人沒兩樣的外甥和外甥女見面，接下來的六個月，瑪里莎的內疚感會減輕，然後一切重新上演。

兩人來到廚房。

「你過得好嗎？小馬可仕。」

他討厭妹妹叫他「小馬可仕」，妹妹在名字前面加個「小」字表達一絲親暱，但他完全感受不到。

「很好。」

「有比較好嗎？」

妹妹有些難過且屈尊地看著他。打從他失去兒子後，妹妹就只會這樣子看著他。

他沒有答話，只點了根香菸。

「不好意思，別在這裡抽，你沒看見我家被你燻得臭氣沖天嗎？」

妹妹的話語層層相疊，像是放在文件夾內的文件夾，上頭又托著其他文件夾。他將香菸捻熄。

他想走人。

「午飯做好了。我在等艾斯特班跟我確認他要不要回來一起吃。」

艾斯特班是妹妹的丈夫。他印象中艾斯特班總是駄著背，心中的不滿全寫在臉上，還試圖用一種似笑非笑的表情掩飾。他感覺艾斯特班是一個被困在窘境當中的男人，娶了一個美麗歸美麗，但頭腦簡單的女人爲妻，過著後悔選擇的人生。

「眞可惜！艾斯特班剛跟我說他不回來了，因爲他工作忙不過來。」

「我想也是。」

「孩子們放學了，快到家了。」

孩子們指的是他那兩位外甥和外甥女。他覺得妹妹對於當媽媽從來都不感興趣，她之所以生下他們，是因爲生兒育女是構成人生自然發展的諸多計畫之一，就跟辦十五歲成年禮派對、結婚、整修房屋和吃肉一樣。

他沒有回答妹妹的話，他沒興趣和外甥和外甥女見面。妹妹倒了一杯薄荷檸檬水給他，並在水杯底下放了一個盤子。他喝了一小口，放下水杯。檸檬水有一股人工的滋味。

「小馬可仕，說眞的，你過得好嗎？」

妹妹稍微摸了他的手幾下，接著低下頭，強忍難過，但演得不夠逼眞，他根本察覺不到妹妹感到遺憾。他看著妹妹搭在他手上的手指，心想幾分鐘前，自己的這隻手正抓著斯帕涅的後頸。

「很好。」

「你怎麼會沒撐傘？」

他微微嘆了一口氣，心想又來了，妹妹又要拿這些年來的同一件事跟他爭吵了。

「我不需要傘。任何人都不需要。」

「大家都需要撐傘。有些區域沒有蓋防護頂棚。你是想找死嗎？」

「瑪里莎，妳眞的認爲一隻鳥掉到你頭上，妳就會死？」

「對。」

「我再告訴妳一次，瑪里莎，在田野那兒、在肉品加工廠那兒，根本沒有人撐傘，根本沒有人想過要撐傘。如果妳被蚊子咬，而那隻蚊子先前可能咬過某隻動物，妳才可能會感染病毒。妳不認爲這聽起來還比較合乎邏輯嗎？」

「才不會，因爲政府說蚊子不會構成危險。」

「政府想要操縱妳，他們專搞這套。」

「這裡人人出門都會撐傘，這麼做比較合理。」

「妳沒思考過搞不好雨傘業者看見商機，跟政府官商勾結嗎？」

「你老是在想一些子虛烏有的陰謀論。」

妹妹用腳跺了一下地板，動作很慢，幾乎聽不見聲音，但他認識妹妹，曉得那個小動作意味著她沒辦法再爭吵下去了，尤其是因爲妹妹無法獨立思考，因此說什麼都站不住腳。

「我們別吵了，小馬可仕。」

「嗯，別吵了。」

妹妹用手指在廚房桌上展開虛擬螢幕。菜單上出現一張孩子們的相片。妹妹碰了相片一下，一個視窗打開，視窗內看得見他的外甥和外甥女，幾乎是青少年了，正撐著一把空氣傘在街上走路。

「他們還要多久到？」

「要到了。」

妹妹關閉虛擬螢幕，緊張兮兮地看著他，不曉得該聊些什麼。

「那傘是爺爺奶奶送給他們的，你不曉得爺爺奶奶有多寵他們。他們跟我吵著要那傘好多年了，但很貴。誰沒事會發明用氣流將雨水吹開的傘啊？不過，他們很開心就是了，同學都很羨慕他們。」

他沒有回答妹妹的話，而是看著廚房內掛著的一個畫框。畫框投影著畫面，品質低劣的靜物畫。裝在籃子內的水果，疊在桌面上的柳丁，一系列作者不詳的畫作。他在距離畫框很近的位置看見一隻蟑螂正在牆壁上爬行。蟑螂往下爬到料理臺上，消失在一個裝有麵包的盤子後頭。

「爺爺奶奶送給孩子們一個虛擬遊戲，他們超開心的。那遊戲叫做『我的眞實寵物』。」

他沒有多問妹妹什麼，妹妹的話語有一股潮濕不流通的氣味，一種封閉的氣味，一種密實寒冷的氣味。妹妹繼續說個不停。

「你可以創造自己的寵物，可以眞的愛撫牠，跟牠玩耍，餵牠吃東西。我的寵物叫做米希，是一隻白色的安哥拉貓，但牠是幼貓，因爲我不想要牠長大。我跟所有人一樣，喜歡幼貓。」

他從來都不喜歡貓。幼貓也不。他喝了幾口檸檬水，掩飾他的厭惡，看著靜物畫一張換過一張。其中一個畫面閃爍，變得模糊。畫框進入黑屏。

「孩子們創造了一隻龍和一隻獨角獸。不過，我們都知道他們很快就會玩膩了，就跟我們買給他們的機械狗波比一樣。我們存錢存了好久，才買那個禮物送給他們，結果他們沒幾個月就玩膩了。波比關機存放在車庫內，做得很棒，但還是比不上眞的小狗。」

妹妹老是在暗示她沒錢，而且他們一家人過得很簡樸。但他知道事情並非如此，雖然他對這件事不感興趣，也不因爲妹妹連父親的看護費用一毛錢都沒出而心生怨恨。

「我幫你做個溫沙拉配蔬菜和白飯，好嗎？」

「嗯。」

他注意到流理臺旁有一扇他不記得的門。在家裡飼養牲口的人家都會安裝那種門。他注意到門很新，還沒使用過。門後有一間冷藏室。這會兒他明白爲什麼妹妹會邀他來家裡吃午飯了，妹妹會要求他幫忙取得比較便宜的牲口，放在家裡飼養。

街道上傳來幾陣聲響。外甥和外甥女進到屋內。

20

他的外甥和外甥女是雙胞胎，龍鳳胎，不太說話，說話時兩人心意暗中相投，用暗號在彼此耳邊輕聲溝通。他觀察外甥和外甥女，彷彿他們是一頭奇異的動物，由兩個分開的部分組成，但只由一個心靈驅動。大家都叫他們「雙雙」，但妹妹執意叫他們「孩子們」。白痴的妹妹，白痴的規則。

外甥和外甥女沒和他打招呼，直接在飯桌就座。

「你們沒有跟小馬可仕舅舅說你好。」

他從廚房的桌子上起身，踏著緩慢的步伐走向飯廳。他想盡快結束這個被迫拜訪的例行公事。

「你好，小馬可仕舅舅。」

外甥和外甥女異口同聲地和他問好，機械式地問好，模仿機器人，接著強忍住笑意，但從他們的眼神中看得出來他們想發笑。外甥和外甥女目不轉睛地注視著他，等著他回話，但他在椅子上坐下，倒了一杯水，沒理睬他們。

妹妹什麼都沒注意到，把飯菜端上桌，收走他的水杯，並給他裝了檸檬水的杯子。「你把杯子忘在廚房了，小馬可仕，這檸檬水可是我特地爲你調的。」

外甥和外甥女的長相並不是同一個模子刻出來的，但兩人之間蘊含著一種與外隔絕、如鋼鐵般堅定的團結，賦予他們一種不祥的氣質。複製成雙的小動作、一模一樣的眼神，時不時不約而同陷入的沉默，在在營造出一種令人不自在的氛圍。他知道外甥和外甥女透過一種祕密的語言溝通，可能就連妹妹也不知道是什麼方式，唯有他倆能夠理解的話語，讓其他人顯得像是異邦人、陌生人、文盲。這對兄妹本身也意味著一種老掉牙的觀念：雙胞胎，凶兆。

妹妹爲他端上沒有肉的飯菜。飯菜冷冷的，沒有味道。

「好吃嗎？」

「嗯。」

外甥和外甥女吃著檸檬和香草醃製的特級腎臟，搭配炸馬鈴薯塊和豌豆。他們一面品嚐著肉，一面好奇地盯著他。雙胞胎中的男孩小艾斯特班，對女孩瑪露做了一個手勢。妹妹要是當初生的是一對男孩子或一對女孩子，會陷入多糟糕的窘境，每次一想到這，他就想笑。用父母親的名字爲孩子們取名字等於是剝奪他們的身分，提醒他們自己歸誰所有。

外甥和外甥女笑個不停，對彼此使眼色，在耳邊說悄悄話。兩人的頭髮都很髒，油膩膩的。

「孩子們，拜託，我們正在跟舅舅吃飯，不可以沒禮貌。我們跟爸爸約定好了，飯桌上不可以說悄悄話，要像大人一樣說話，記得嗎？」

小艾斯特班看著他，眼裡閃著光芒，一種充滿話語的光芒。話語像是一片森林，樹木攔腰折斷，無聲的龍捲風肆虐。然而，開口說話的人是瑪露：

「我們在猜小馬可仕舅舅吃起來是什麼味道。」

妹妹抓起正在使用的餐刀，一把將餐刀插在桌子上。聲響聽起來怒氣沖天，迅雷不及掩耳。妹妹說：「夠了。」她慢慢地說出這句話，斟酌該怎麼說，控制她的語氣。外甥和外甥女詫異地看著他們的媽媽。他從來沒見過妹妹反應那麼大，靜靜地看著她，接著又咀嚼了幾口冷冷的米飯，感受眼前這一幕的哀傷。

「我受夠你們這個遊戲了。人不可以吃，難不成你們是野人嗎？」

妹妹用吼的問出這個問題，接著看了插在桌上的刀子一眼，跑向廁所，彷彿自恍惚狀態中醒來一樣。

瑪露——妹妹叫她小瑪里莎——看著她正要送入口中的特級腎臟肉塊，擠出一個微笑，同時對她哥哥使了一個眼色。外甥女的話像是遇到極高溫便會熔化的玻璃，像是在慢動作鏡頭下互相啄食眼珠的烏鴉。

「媽媽發瘋了。」

外甥女用小女孩的嗓音說出這句話，同時噘著嘴，以食指在太陽穴的高度畫圈圈。小艾斯特班看著她，笑得合不攏嘴，一切在他眼裡看起來都十分滑稽。小艾斯特班說：

「這遊戲叫做『美味的屍體』[12]，你想要玩嗎？」

妹妹回到餐桌上，羞愧且有些無奈地看著他。

「抱歉。那是一個時下流行的遊戲，我禁止他們玩，但他們就是講不聽。」

妹妹喝了幾口水，繼續說下去，彷彿他對這話題感興趣一樣，但他明明沒請妹妹解釋。

「都是網路和虛擬社團害的，這些東西就是在那裡冒出來的。你過著離群索居的生活，當然什麼都不知道。」

妹妹注意到餐刀依舊插在桌上，馬上若無其事地把刀拔起來，彷彿她這個反應並不會不合時宜。

他曉得若他裝出一副被冒犯的模樣，起身離開，沒多久後又得再次上門，因爲妹妹會邀請他來家裡吃飯，跟他道歉，需要邀幾次，就會邀幾次。他只回答：

「我想小艾斯特班的味道吃起來應該有點腐臭，像是發胖太久的豬的味道，瑪露的味道應該像是粉紅鮭魚，味道有點腥，但很好吃。」

外甥和外甥女起初看著他，不明就裡。他們從來沒吃過豬肉或鮭魚，接著開心地笑了起來。妹妹看著他，什麼話也沒說，只喝了更多的水，默默吃飯，想說的話全哽住了，像是被裝在塑膠眞空袋內。

「告訴我，小馬可仕，你們會販售牲口給個體戶嗎？比方賣給我？」

他吃著他認爲是蔬菜的東西，分不出自己在吃什麼，顏色看不出來，味道也吃不出來。他感覺空氣中有一股酸味，不曉得是他的飯菜發出的，還是屋子裡本身的味道。

「你在聽我說話嗎？」

他看著妹妹幾秒鐘，沒回答她。他心想打從他踏進妹妹家以來，妹妹從沒跟他問過父親的近況。

「不會。」

「肉品加工廠的祕書可不是這麼告訴我的。」

他決定是時候結束拜訪了。

「老爸狀況很好。瑪里莎，妳知道嗎？」

妹妹低下目光，她曉得這是哥哥表示受夠了的信號。

「很高興聽到他好。」

「嗯，很高興。」

12 「美味的屍體」（Cadáver Exquisito），又譯「精緻屍體」，是一種文字遊戲，衍生自一九二〇年的遊戲「結果」（Consecuencias）。「結果」為多人遊戲，參與的玩家需輪流依照「名詞－形容詞－動詞」的方式接續創作句子，但只看得到前一位玩家在紙張上留下的文字，其餘的部分將會被折起蓋住。首次的遊戲的產物為「美味的屍體將喝新的葡萄酒」（Le cadavre-exquis-boira-le vin-nouveau），「美味的屍體」一詞因此誕生。一九二五年，超現實主義派的作家和畫家繼續使用此技法，得到更多畫面式的靈感，但接龍方式不局限於文字，也可用插畫形式表達。

但他決定不就此放過妹妹，因爲妹妹決定打電話到他公司，問一些不該問的事情時，就已經越界了。

「不久前他發作了。」

妹妹吃著吃著，握持餐具的手突然停止動作，彷彿眞的感到意外。

「你說眞的嗎？」

「嗯，控制住了，不過他偶爾會發作。」

「我想也是、我想也是。」

他用叉子指著外甥和外甥女，稍微提高嗓門說：

「孩子們，老爸的外孫們，去探望過他嗎？」

妹妹詫異地看著他，強忍怒火。一直以來他都遵守兩人間的默契，不讓妹妹難看。直到這天。

「孩子要上學，回家還要寫作業，安養院又那麼遠，我們很難去探望老爸。此外，宵禁也是一個問題。」

瑪露原本想要說些什麼，但妹妹摸著她的手，繼續說下去。

「你想看看，他們讀的是最一流的學校，菁英學校、國立的，當然，因爲私立學校貴得要命。但要是他們程度跟不上，就會被轉到私校，我們根本付不起學費。」

妹妹的話語像是堆積在一個角落的枯葉，正在腐爛。

「妳說的是，瑪里莎，我幫妳們全家問候一下老爸，妳覺得如何？」

他站起身，對外甥和外甥女微微笑，但沒有跟他們說再見。

瑪露不屑地看著他，吃了一口特級腎臟，接著張大嘴巴，幾乎是用喊的說：

「媽，我想要去探望外公。」

小艾斯特班打趣地看著妹妹，跟著起鬨：

「我們就去吧，媽，走啦、走啦。」

妹妹困惑地看著兩個孩子，沒領悟到他們的這項請求有多殘酷，沒看出他們強忍住哈哈大笑的慾望。

「好啦、好啦，再說。」

他曉得自己會很久見不到外甥和外甥女，也知道若把他們每個人的一條手臂砍下，這個當下就在這張木頭餐桌上吃他們的手臂，味道肯定跟他先前猜測的一模一樣。他直直瞪著他們的雙眼，先瞪著瑪露，接著注視著小艾斯特班，彷彿正在品嚐他們似地瞪著他們。外甥和外甥女嚇了一大跳，低下視線。

他兀自走向門口。妹妹爲他開門，匆匆在他臉頰上吻了一下，跟他道別。

「見到你眞好，小馬可仕，這把傘你拿去撐吧，算我拜託你。」

他打開傘，沒回答妹妹的話，直接離開。走到車子前他看見一個垃圾桶，將打開的傘扔進去。妹妹在門口看著這一幕，一面低下頭，一面緩緩將門關上。

21

他開車來到廢棄動物園。

每次和妹妹吃午餐總是令他心煩意亂。跟妹妹見面後他需要靜一靜，好理解這個身爲他家人的人爲什麼是一個這樣子的人，理解爲什麼她會生下這種小孩，理解爲什麼她從來都不喜歡他，也不喜歡父親，但唯有永遠不必再去妹妹家，他的心才得以平靜。

他在猴子區慢慢行走。籠子壞了，園方種在裡頭的樹全乾枯了。他閱讀其中一面文字褪色的看板：

黑吼猴

學名：*Alouatta caraya*

綱：哺乳動物綱

「哺乳動物綱」的字樣旁有個猥褻的插圖。

目：靈長目

科：蜘蛛猴科（捲尾猴科）

棲息地：森林

適應：母猴爲金毛或黃毛，公猴毛色爲

接續的文字被人亂畫塗掉了。

黑吼猴有特別的發聲器官，喉頭發達，尤其是舌骨特大，構成一個巨大的聲囊，擴大其叫聲。

食性：植物、昆蟲和水果。

保育狀況：無危。

「無危」兩字被人打了一個叉叉。

分布：南美洲中部。玻利維亞東部和巴西南部至阿根廷和巴拉圭北部。

看板上有一張公黑吼猴的相片。公猴的臉大驚失色，彷彿相機拍到牠被人捕捉到的那一刻。相片上被人畫了一個紅圈，圈內打了一個叉叉。

他走進其中一座籠子。混凝土間雜草叢生，菸蒂和注射器散落一地。他找到幾根骨頭，心想可能是黑吼猴的骨頭，也可能不是。可能是任何生物的骨頭。

他離開籠子，走向樹林。天氣炎熱，天空萬里無雲。樹林讓他稍微乘個涼。他大汗淋漓。

他發現一個販賣亭，把頭伸進門上的洞，發現易開罐、紙張，與髒亂。他走進販賣亭，閱讀漆在牆壁上的商品列表：獅子王辛巴的玩偶、長頸鹿蕊塔的玩偶、小飛象呆寶的玩偶、動物王國的杯子、狨猴的鉛筆盒。白色牆壁上有塗鴉、文字、插圖，有人以糾成一團的微小字體寫了一句「我好想念動物喔」，另外一人把他這句話畫線塗掉，在一旁補上一句「你笨死算了」。

他走出販賣亭，點了一根香菸。他從沒逛完整個動物園，每次都直接前往獅子區，然後就待在那兒，坐著。他知道動物園占地遼闊，因爲他記得從前每次和父親來這裡，一逛都是好幾個小時。

他沿著空蕩蕩的水池行走。水池很小。他認爲從前那裡有水獺，或是海豹，記不得了。看板都被人扯掉了。

他走著走著，捲起襯衫袖子，解開所有的鈕扣，讓襯衫打開、鬆垮垮的。

他在更遠處看見幾個巨大高聳的圓頂籠子。他記得那是鳥園。園內五顏六色的鳥兒四處飛翔，振翅的劈啪聲不絕於耳，瀰漫著一股濃郁的清香。他來到鳥籠區，但實際上只有一個籠子，分隔成好幾個區域。籠內有一道被玻璃圓頂罩著的巨大浮橋，遊客可以透過浮橋在鳥籠內漫步。籠子的門壞了，籠內種植的樹木長得極高，屋頂和浮橋的玻璃圓頂都被頂破了。他踩著落葉和碎玻璃行走，感覺靴子底下嘎吱作響。他看見通往浮橋的樓梯，登上樓梯，決定穿越浮橋。他在樹枝間行走，跳過樹枝，推開樹枝，在一片樹叢間的空隙望向屋頂，看見樹冠和其中一座圓頂，中央圓頂。那是唯一具有彩繪玻璃的圓頂，玻璃構成一幅圖畫，一個長了翅膀的男人在太陽旁邊飛翔。他知道那男人是伊卡洛斯[13]，知道他的命運爲何。伊卡洛斯有著彩色的雙翼，他所翱翔的那片天空滿滿都是鳥，彷彿在陪伴他，彷彿這個人類是牠們的同類。他撿起一根掉到地上、帶有樹葉的樹枝，稍微清理浮橋的地板之後再躺下，省得被碎玻璃刺傷。圓頂的某些部分破了，但中央圓頂的破損最不嚴重，因爲最高，距離樹木最遠，枝枒仍搆不著。

他好想在這裡躺上一整天，看著五彩繽紛的蒼穹。他好想帶兒子參觀這座鳥園，這座空蕩蕩且破敗的鳥園。他突然回想起雷歐過世時，妹妹打過好幾次電話來。妹妹只和塞希莉雅說話，彷彿塞希莉雅是唯一需要安慰的人。模擬葬禮上，妹妹一面哭泣，一面擁抱她的雙胞胎，彷彿害怕他們也會猝死，彷彿棺木中的那個小嬰兒會傳染死亡。他看著所有人，彷彿世界遠離了幾公尺，彷彿他所擁抱的這些人全在一片毛玻璃後方。他哭不出來，全程都沒落淚，就連看著小小的白色棺材降入地底時也哭不出來，心裡想的，反倒是好想挑一個比較沒那麼醒目的棺木，他明白

13 伊卡洛斯（Icarus）：希臘神話中的神祇。因為飛得太高，翅膀被太陽燒熔而落水喪生。

棺木的白色象徵躺在裡頭的孩童的純潔，但是，我們降臨人世時，眞的有那麼純潔嗎？他想著其他的人生，想著也許在另一個維度、另一顆行星或另一個時代，他可以和兒子相遇，看著他長大成人。他思考著這一切的同時，人們將玫瑰花扔到棺木上，妹妹泣不成聲，彷彿死的是她兒子。

兒子剛過世的那段時期，仍然能夠舉辦模擬葬禮。模擬葬禮結束之後，他也沒哭，弔喪的人們離去後，只剩下墓園的工作人員留下。他們將棺木升起來，清除人們扔上去的泥土和鮮花，把棺材移至一間作業室。工作人員將他兒子的遺體自雪白的棺木中取出，置入一個透明的棺材。他們夫妻倆得眼睜睜地看著小寶寶慢慢被推入即將焚化他的火爐。塞希莉雅暈了過去，被工作人員帶到另外一間以防家屬昏倒、有扶手椅的房間。他接過骨灰，簽署文件，證明兒子已確實火化，證明他們夫妻倆是火化的見證人。

他走出鳥園，經過幾個兒童遊樂設施。溜滑梯壞了，有個蹺蹺板缺了一個座椅，陀螺造型的綠色旋轉木馬尚未褪色，但木頭地板上被人漆了許多卍字。沙坑長滿了雜草，有人在中央擺了一張搖搖欲墜的椅子，把椅子留在那兒腐爛。吊床只剩下一張。他在吊床上坐下，點了一根香菸。鐵鍊仍撐得住他的重量。他在吊床上搖來晃去，雙腿觸碰地板，輕微地搖，接著更加用力地晃，雙腳離地，看著遠方的天空中正在形成雲朵。

他脫下襯衫，把襯衫繫在腰上。天氣很炎熱。

他在遊樂場一旁看見另一座籠子，走了過去，閱讀掛著的看板。

葵花鳳頭鸚鵡

學名：Cacatúa galerita

綱：鳥綱

目：鸚形目

科：鸚鵡科

某人在棲息地說明上用紅字寫了一句「蘿米娜我愛妳」。

適應：公鸚鵡的眼珠爲深咖啡色，母鸚鵡的眼珠爲紅色。求偶期公鸚鵡會豎起頭冠，頭劃「8」字型擺動鳴叫。公母鸚鵡皆負責孵卵，餵養幼鸚鵡。葵花鳳頭鸚鵜野生四十年，在園內生活了近六十五年（曾有紀錄壽命超過一百二十歲）。

看板其餘的部分斷了，掉落在地上，但他並沒有彎腰撿起來。

他走到一棟巨大建築物。門框燒焦了。他走進一處大玻璃窗破裂的空間，心想這裡從前不是酒吧就是餐廳。幾張扶手椅嵌在牆壁上，拆不掉。大部分的桌子都不見了，但現場遺留兩張焊接在地板上的桌子。還有一個長型的設施，可能是吧臺。

他看見一面寫著「蛇園」的告示牌和一個箭頭，走過幾條黑暗狹窄的走廊，來到一個較爲寬敞、有著大玻璃窗的空間，看見牆壁上漆了另外一個告示，寫著「蛇園，請排隊等候入園」。他走進一個空間，天花板挑高，部分破裂。這裡沒有籠子，牆壁全被一個個玻璃方格劃分。他猜想那些格子叫做養育箱，透過其玻璃可以觀賞各種蛇類。有幾面玻璃破了，有些則是完全消失。

他在地板上坐下，掏出一根香菸，觀看四周的塗鴉和插圖。有一幅圖畫吸引他的注意力。某人畫了一張面具，畫得挺巧的，看上去是一張威尼斯面具，某人在面具旁邊用大大的黑字寫下：「表面上平靜的面具，塵世中寧靜的面具，微小且閃閃發亮的喜悅的面具，不曉得這個我稱之爲皮膚的東西何時會被扯下的面具，這個我稱之爲嘴巴的東西何時會失去它周遭的肉，何時這個我稱之爲眼睛的東西會碰上一把刀子的黑色沉默。」文字沒有署名，沒有被人塗掉或畫東西蓋過去，但有人在文字附近寫字畫圖。他閱讀其中某些句子：「黑市」、「幫我摘下這個面具」、「有名有姓的肉最好吃了！」、「喜悅？微小且閃閃發亮的喜悅？認眞的嗎？LOL。」、「好美的詩」、「宵禁後我們可以把你給吃了」、「這個世界就是一團狗屎，YOLO」[14]、「啊，吃我吧，吃我的肉吧／啊，和食人魔一起／啊，慢慢來／撕碎我吧／啊，和食人魔一起／汽水刻板印象萬歲。」[15]

他試著回想「YOLO」是什麼意思時，聽到一道聲響。他原地靜止不動。那是一道微弱的哭聲。他起身，在蛇園內四處行走，來到其中一扇最大的玻璃窗前。玻

14「LOL」為英語「Laugh Out Loudly」之縮寫，意即大笑，使用語境相當於中文之「哈哈哈哈」；「YOLO」則為英語「You Only Live Once」之縮寫，字面上為「你只會活一次」，有「享受人生」和「豁出去了」的意思。

15 汽水刻板印象（Soda Stereo）為一支阿根廷搖滾樂團，此處引用其作品〈和食人魔一起〉（Entre Caníbales）的歌詞。值得一提的是，團名中的「Stereo」指的並非立體聲，而是取自西班牙語的刻板印象（Estereotipo）。

璃窗完好如初。

他幾乎什麼都看不出來。地板上滿是枯枝，髒亂，但他看見一個形體正在移動，突然間看到一個小小的頭抬了起來。那玩意兒有黑色的口鼻和一對褐色的耳朵。之後他看見另外一顆頭，一個接著一個冒了出來。

他看著眼前的景象，心想自己看到幻覺了，接著感到一股衝動，想要打破玻璃摸摸牠們。起初他無法理解牠們是怎麼跑來這裡的，但之後發覺一共有三個有門連通的養育箱，而其中兩個養育箱的玻璃破了。養育箱不與地面齊高，因此他必須攀爬才進得去。他匍匐穿過連接最大養育箱的門。最大的養育箱是中間那一個，小狗就在裡頭。門開著，養育箱很寬敞，挑高相當高。他想那裡頭可能有森蚺或蟒蛇。小狗嚇得半死，嗚嗚叫個不停。當然，他心想，牠們這輩子從沒見過人類。他小心翼翼地爬行，地面上滿是石頭、枯葉、髒污。小狗全躲在一堆樹枝下，被遮蔽得相當好。搞不好樹枝中有蟒蛇蜷曲其中，他心想。小狗們縮成一團，靠在一起取暖，保護彼此。他在一旁坐下，沒有觸碰牠們，等著牠們鎮定下來，接著愛撫牠們。一共有四隻小狗，全都骨瘦如柴，渾身髒兮兮的。小狗聞聞他的雙手。他抱起一隻小狗，好輕，小狗渾身發抖，接著死命掙扎，嚇得尿出來了。其他小狗又吠又呻吟。

22

他跟小狗玩著玩著，忘記時間了。他玩著小狗攻擊他的遊戲，小狗想要抓住他在空中揮舞的樹枝，用小小的犬齒輕咬他的雙手，幾乎像在搔他癢。他抓住小狗們的頭，小心翼翼地搖晃，假裝他的手是一頭可怕野獸的血盆大口，正在追捕牠們，輕輕拉扯牠們的尾巴，和牠們一起低吼吠叫。小狗們舔著他的雙手。一共有四隻小公狗。

他為小狗們取名字：傑格、沃茨、理查茲和伍德[16]。

小狗們在養育箱內東奔西跑。傑格咬了理查茲的尾巴，伍德好像在睡覺，但突然又爬起來，用嘴巴銜住其中一根樹枝，在空中揮來揮去。沃茨疑神疑鬼聞了聞他的味道，在他身旁走來走去，聞聞他，對他吠了幾聲，接著以笨拙的動作爬上他的雙腿。他攻擊沃茨，沃茨嗚嗚叫了幾聲，咬他的雙手，搖搖尾巴。沃茨接著跳到理查茲和傑格的身上，攻擊牠們，但反而被牠們追著滿場跑。

他回想起他的狗，普格列斯和科科[17]。雖然他曉得——或是說懷疑——病毒是世界強國捏造的謊言，是被政府和媒體認可的謊言，但還是不得不宰殺牠們。他如果不把普格列斯和科科殺了，而是遺棄他們，他怕牠們反倒會遭人虐待，但留下牠們，結果可能會更糟，被虐待的可能不只這兩隻狗，還有他們一家人。那個時期市面上販售事先調配好的注射藥劑，寵物施打後不會感受到痛苦。到處都在賣，就連超市也買得到。他把普格列斯和科科葬在田裡最大的樹下。從前，天氣酷熱的午後，不用到父親的肉品加工廠工作時，一人二犬常坐在樹下乘涼，他喝啤酒看書，狗狗們依偎在他身旁。他總帶著一部父親的老式攜帶型收音機，聆聽一個專播爵士演奏曲的節目。他喜歡這個必須調整頻率選臺的儀式。普格列斯時不時會爬起來，

16 小狗取名自英國搖滾樂團滾石樂團（The Rolling Stones）的團員名字，米克・傑格（Mick Jagger）、查理・沃茨（Charlie Watts）、基思・理查茲（Keith Richards）和羅尼・伍德（Ronnie Wood）。

17 小狗普格列斯取名自阿根廷探戈音樂作曲家奧斯瓦爾多・普格列斯（Osvaldo Pugliese, 1905~1995），科科則取名自美國藍調女歌手科科・泰勒（Koko Taylor, 1928~2009）。

狂奔追趕小鳥。科科會睡眼惺忪看個幾眼，然後再看著他，露出一個他總認爲意味著「普格列斯瘋了，無藥可救，但我們就喜歡牠這樣，瘋瘋癲癲的」的表情。他總是微笑著輕撫科科的頭，小小聲地對牠說：「可愛的泰勒，我美麗的科科。」如果父親來了，科科會整個性情大變，抑制不住喜悅，心中某個東西、某部昏昏欲睡的引擎被點燃，開始又跳又跑，猛搖尾巴狂吠。每次見到父親，無論父親距離有多遠，科科總是狂奔飛撲到他身上。父親總是笑臉迎接科科，抱住牠，把牠舉得高高的。他每次發現父親來了，都是因爲科科搖尾巴的方式不一樣，一種專門爲父親搖的方式。科科是父親在馬路邊撿到的，發現時蜷縮成一團，渾身髒污，出生才沒幾週，脫水，奄奄一息。父親一天二十四小時都待在科科身邊，還把牠帶去肉品加工廠，一直照顧到科科開始有反應。他認爲父親精神崩潰的原因有很多，科科被宰殺肯定是其中之一。

突然間，四隻小狗停下動作，豎著耳朵。他也繃緊神經。如此顯而易見的事他居然沒想過。這些小狗有媽媽。

他聽見一聲低吼，隔著玻璃看過去，看見兩隻狗對他露出獠牙。他不到一秒鐘便做出反應。這一瞬間，他心想乾脆死在這裡算了，和這些小狗一起死在這個養育箱內，至少自己的屍體可以充當牠們的食物，讓牠們活久一些。然而，父親待在安養院內的畫面湧上心頭，本能使然，他快速爬向一開始進來的那扇門，猛力將門關上，扣上門閂。那兩隻狗已經來到門後，狂吠不止，抓撓著門，試圖進來。要是他離開這扇門，從連通隔壁養育箱的門逃跑，小狗們必死無疑。要是他打開剛才關上的門、擋著那兩隻狗的這扇門，來得及逃跑前就會遭受攻擊。然而，連通隔壁養育箱的門關得死死的，他試著打開門，但打不開。小狗們發出嗚嗚號叫，縮在一起保護彼此。他決定用襯衫把小狗們蓋起來，雖然他知道這層防護根本沒有用。他面對著他想要離開的那扇門，側躺在地板上，開始踹門，一連踹了好幾下，把門踹開。他吸了一口氣。那兩隻狗更加使勁地吠叫和抓撓著門。他確定連通隔壁養育箱的門澈底被他踹開了。他曉得可以從那兒逃脫，因爲養育箱的玻璃破了。他聽見那幾隻狗的低吼聲，越吠越大聲了，心想若不是有其他狗加入，就是那兩條狗每一秒鐘都比前一秒鐘更憤怒。

他看著那幾隻小狗。小狗蜷縮在一塊兒，搞不清楚狀況，自襯衫的邊緣探出牠們小小的頭。他抓起一塊中等大小的石頭，把石頭頂在他扣上門閂的那扇門上、狗群試圖闖入的那扇門上。接著他打開門閂，因爲他曉得最終那幾條狗會把門撞開，

23

他回到家。他好想念從前科科和普格列斯沿著兩側桉樹林立的泥土路奔向車子時發出的叫聲。普格列斯是科科找到的。當時普格列斯還只是出生沒幾個月的小狗，在牠倆如今下葬的大樹下哭泣，渾身都是跳蚤和蝨子，營養不良。科科把普格列斯當作自己生的小狗，收養了牠。他爲普格列斯清除跳蚤和蝨子，餵牠食物吃，讓牠恢復體力，但一直以來對普格列斯而言，科科才是牠的救命恩人。若有人對科科大吼或威脅科科，普格列斯會發狂。牠是忠犬，照顧著大家，儘管科科才是牠的最愛。

天空烏雲密布，但他沒注意到，下車後直接走向畜棚。母人在畜棚內，縮成一團睡覺。他得幫母人洗澡，這件事不能再拖下去了。他看了看畜棚內四周，覺得需要打掃打掃，清出一個讓牠可以過得比較舒適的空間。

他離開畜棚尋找水桶，準備幫母人洗澡。此時外頭開始下起雨來。他這才發覺是夏季暴雨，是令人生畏又美麗的暴雨。

他走進廚房，感覺自己快累垮了，想要坐下喝罐啤酒，但得趕快幫母人洗澡，不能再拖了。他找了個水桶、一塊白肥皂和一條乾淨的抹布，然後來到浴室，尋找舊梳子，但他什麼都沒找到，最後看見塞希莉雅留下的梳子。他拿起梳子，打算接條水管，但走出家門時雨勢之猛烈，他瞬間淋成落湯雞。他身上沒有襯衫，襯衫留給傑格、沃茨、理查茲和伍德了，他脫下靴子和襪子，只穿著一條牛仔褲。

他赤腳走向畜棚，感覺腳底下的草堆濕漉漉的，飄散著潮濕泥土的氣味。他看見普格列斯對著雨水猛吠，看見牠彷彿這個當下就在那裡。普格列斯這條瘋狗，跳個不停，試圖捉住雨滴，玩得渾身泥濘，尋求科科的認可。科科總是待在迴廊，照顧著牠。

他小心翼翼幾乎是溫柔地把母人帶到畜棚外。母人被雨水嚇壞了，試著遮擋自己。他安撫母人，輕輕撫摸牠的頭，彷彿牠聽得懂一樣，對牠說「沒事的，只是水而已，會把妳洗乾淨」。他用肥皂塗抹母人的頭髮，母人恐懼地看著他。他讓母人在草地上坐下，讓牠冷靜，接著跪在母人身旁，笨拙地搓揉牠的頭髮，頭髮漸漸沾滿白色肥皂。他慢慢地幫母人洗頭，以防嚇到牠。母人的眼睛眨個不停，轉頭看著大雨中的他，扭動著身子，渾身發抖。

大雨下得猛烈，漸漸將母人沖洗乾淨。他在母人的手臂塗上肥皂，用乾淨的抹布搓洗。母人比較鎮定了，但有些疑神疑鬼地看著他。他在母人的後背塗上肥皂，接著慢慢地扶牠站起身，清洗牠的胸部、胳肢窩、肚子。他賣力清洗，彷彿正在清洗一件價值不菲、但沒有生命的物品。他很緊張，彷彿這物品可能會被他弄壞，或者活過來。

母人身上被做了許多證明牠是第一純潔世代的縮寫記號。他用抹布逐一擦除記號，一共擦掉了二十組。每飼養一年，母人就會被做上一個新的記號。

他用手揉揉母人的臉，幫牠清理黏在臉上的髒污，注意到母人的睫毛很長，說不上來牠的眼珠是什麼顏色，也許是灰色，或是綠色，臉上有點點雀斑。

他彎下身子清理母人的腳、小腿肚和大腿。就算在猛烈落下的雨滴中，他也感受得到母人既狂野又清新的體味，有如茉莉花香的體味。他一把抓起梳子，讓母人重新在草地上坐下，自己則站在牠後方，開始幫牠梳頭。母人的頭髮很直，但纏在一起打結了，他必須小心翼翼地梳，才不會弄疼牠。

梳完頭後，他攙扶母人站起身，看著牠，看著雨中的牠，覺得牠看起來脆弱、幾近半透明、完整。他靠近母人，嗅聞牠那茉莉花香的體味，接著想都沒想，擁抱住牠。母人一動也不動，也沒發抖，只抬起頭，看著他。牠的眼睛是綠色，他心想，肯定是綠色。他輕輕撫摸母人額頭上的烙印，吻了烙印一下，因爲他曉得被人蓋上烙印時，母人肯定痛苦萬分。被人切除聲帶時想必也是。肉品加工廠切下牠的聲帶，讓牠更加聽話，省得屠宰時牠會鬼吼鬼叫。他輕輕撫摸母人的喉嚨。這會兒發抖的人是他。他脫下牛仔褲，赤裸著身子，呼吸加速，繼續在雨中擁抱母人。

他想做的事是被禁止的。但他做了。

第二部

……像是一頭在籠子裡出生的牲口的籠子裡出生的牲口的籠子裡出生的牲口的籠子裡出生的牲口的籠子裡出生的牲口的籠子裡出生和死亡的牲口的籠子裡出生和死亡的牲口的籠子裡出生，然後在籠子裡死去的牲口，在籠子裡出生然後死去然後出生然後死去的牲口，在籠子裡出生，然後死去的牲口，出生，然後死去，的牲口，我說……

——薩繆爾．貝克特[18]

18 薩繆爾．貝克特（Samuel Beckett, 1906~1989）為愛爾蘭籍作家，創作領域涵蓋戲劇、小說和詩歌，為荒誕派戲劇代表人物，於一九六九年獲得諾貝爾文學獎。此段文字引自「法文長篇小說三部曲」中的第三部《無法稱呼的人》（L'Innomable），於一九五三年出版。

1

醒來時他渾身大汗。天氣不熱，還不熱，時值春天，不熱。他來到廚房倒水喝，接著打開電視，切到靜音，漫不經心地頻道一個換過一個。他在一個節目停下。節目正在播報一則好幾年前的舊新聞。有些人開始蓄意破壞市區的動物塑像。節目播放一群人朝華爾街銅牛潑灑油漆、扔擲垃圾和雞蛋的錄影。影片中斷，畫面變成一輛吊車將重達三千多公斤的銅牛塑像吊起，在空中左搖右擺。圍觀群衆驚恐不已，捂著嘴巴指著銅像。他解除靜音，但音量開得很低。各大博物館傳出零星攻擊事件，有人劃破紐約現代藝術博物館典藏的保羅·克利作品《貓與鳥》。女主持人說明專家正在努力修繕畫作。另外一位破壞者在馬德里的普拉多美術館，企圖以自己的雙手破壞哥雅的《貓鬥》，破壞者猛衝向畫作，但還沒得逞便被保全擋下。他想起專家、藝術史學家、策展人和美術評論家曾氣憤難平地指出「文明將倒退回中世紀」，將會回到「破壞偶像主義的社會」。他喝了幾口水，關上電視。

他想起人們燒毀聖方濟各亞西西的雕像[19]，將耶穌誕生馬槽模型的飼料盆，連同驢子、綿羊、狗和駱駝一起撤除，摧毀馬德普拉塔的海獅塑像[20]。

他寐不成眠。他必須起個大早，去肉品加工廠接待一名獻身會的成員。獻身會的成員越來越多了，他心想。每次這些神經病上門，屠宰作業有條不紊且平靜的節奏就會被打亂。這週他得拜訪獵場和實驗室，業務繁多，四處奔走，接待獻身會一事變得很麻煩，但他還是得完成這項工作，因爲最近他無法專心。克里格什麼都沒說，但他曉得自己的工作表現不如以往。

他閉上雙眼，試著數呼吸，數著數著感覺被人摸了一下，嚇了一大跳。他睜開眼睛，看見母人。他坐起身。母人躺在扶手椅上。他嗅到母人狂野愉悅的體味，擁抱住牠。「嗨，小茉。」起床後，他將牠鬆綁。

他打開電視。小茉喜歡看電視機上的畫面，起初懼怕電視機，好幾度試圖打壞電視機，牠覺得電視的聲音很刺耳，畫面令牠感到不安。然而，日子一天天地過去，小茉發覺這個裝置不會傷害牠，這個盒子內發生的事根本不會對牠怎麼樣，並開始著迷地觀看電視上的畫面。牠對任何事物感到驚奇。水龍頭流出的水，與均衡飼料天差地遠的全新美味食物，收音機流瀉出的音樂，在浴室內洗很多次澡，還有傢俱。只要他就近監視著，小茱就能夠在屋內自由走動。

他幫小茱穿上睡衣。幫牠穿衣是一件需要極大耐心的任務。小茱扯破好幾件衣服，不是把衣服脫掉，就是在衣服上尿尿。他不但沒有大發雷霆，反倒對小茱的個性和頑強感到驚奇。隨著時間經過，小茱理解衣服是讓牠保暖的東西，就某種程度上而言是在保護牠。牠也學會自己穿衣服。

小茱看著他，指著電視機，笑了幾聲。他也笑了出來，不知道自己在笑什麼，不知道自己爲什麼笑，但他笑個不停，又抱住小茱一會兒。小茱沒發出聲音，但牠的笑容震動他全身。他感覺小茱的笑容感染了他。

他輕撫小茱的肚子。小茱已有八個月的身孕。

19 聖方濟各亞西西（San Francisco de Asís, 1182~1226，簡稱聖方濟各）為一名天主教聖人，守護義大利、商人、環境，以及動物。聖方濟各的形象與動物親近（尤其是飛鳥），故在本作中被人們針對。

20 馬德普拉塔（Mar del Plata）位於阿根廷東岸，海獅是這個城市的象徵。

2

他必須出門了，但出門前打算先和小茉喝幾杯瑪黛茶，已經打開瓦斯爐燒水了。小茉花了滿長的時間才理解火是什麼，以及火的危險及用途。之前每次他打開瓦斯爐，小茉總是拔腿逃到家裡的另一頭，現在牠不再害怕，反倒對火感到驚奇，之後只想觸摸這個時而白白藍藍、時而黃色的東西，這個好似在跳舞、具有生命的東西。小茉觸碰火焰，摸到，燙著了，才嚇得快速將手抽開，吸吮手指頭，稍微站開，然後再重複同樣一套的動作，一次又一次。火漸漸成爲牠新的現實中稀鬆平常的一部分。

他喝完瑪黛茶，照例吻了小茉一下，把牠帶到房間關起來。他用鑰匙把大門鎖好，然後上車。他知道小茉會很平靜，知道牠會看電視、睡覺、用他留下的蠟筆畫畫、吃他準備好的食物，知道牠就算根本不懂書本在說些什麼，還是會一頁一頁把書翻過。他好想教小茉閱讀，可是，小茉無法開口說話，永遠無法融入這個將牠視爲可食用產品的社會，教牠閱讀識字又有什麼意義呢？小茉額頭上頂著巨大、清晰、無法抹除的烙印，他不得不將牠關在家裡。

他快速驅車前往肉品加工廠，想把工作搞定，快快回家。手機響了，他看見是塞希莉雅打來的，便在路邊停下車，接聽電話。最近塞希莉雅打電話來的次數變頻繁了。他害怕塞希莉雅有意回家，他完全無法和她解釋家裡正在發生的事。塞希莉雅是不會懂的。他試著敷衍塞希莉雅，但弄巧成拙。塞希莉雅感覺到他的焦急，知道他的傷痛現在轉化成別種東西。塞希莉雅對他說：「你變了。」「你的臉變了。」「爲什麼上次沒接我電話，你有那麼忙嗎？」「你已經忘記我了，忘記我們了。」塞希莉雅口中的「我們」指的不只是他和她，也包括雷歐，但大聲說出雷歐的名字實在太殘酷了。

他抵達肉品加工廠，做了個手勢和保全打招呼，然後把車停好。他沒注意保全是否在讀報紙，就連對方的臉都沒看一眼。這天他沒有趴在車頂上抽菸，直接上樓來到克里格的辦公室，匆匆在瑪麗的臉頰上吻了一下，和她打招呼。瑪麗對他說：「你好，馬可仕，親愛的，你來得好晚，克里格先生已經在樓下了，獻身會的人到了，他正在接待他們。」瑪麗厭煩地說出最後這段話。「他們來得越來越頻繁了。」他沒回話，雖然他知道自己遲到了，而且好死不死獻身會的人還提早到了。他快步走下樓梯，跑過走廊，沒有跟一路上遇到的作業員打招呼。

他來到入口大廳。他們在這裡接見供貨廠商和其他非肉品加工廠員工之人士。克里格不發一語站著，以令人難以察覺的緩慢節奏搖晃著身子，彷彿不這麼做會要他的命一樣，看上去十分不自在。約莫十名獻身會代表成員列隊站在前方，個個身穿白袍，剃了個大光頭，靜靜地看著克里格。其中一人穿著紅袍。

他走上前，和所有人握手打招呼，請大家原諒他遲到。克里格對獻身會的人說現在由負責人馬可仕接手招呼大家，跟大家說不好意思，他有一通電話得接，請容他先行告辭。

克里格頭也不回地快步離開，彷彿獻身會成員會傳染某種疾病。他在褲子上搓搓雙手，清掉某個東西，可能是手汗，也可能是怒火。

他認得心靈導師。獻身會成員都稱會長爲心靈導師。他跟心靈導師握手致意，請他出示爲獻祭作保的證明文件。他檢查文件，確認文件均已備齊。心靈導師和他解釋即將獻身的成員已經由醫生做過體檢，且已立好遺囑，辦好告別式了。心靈導師遞給他另外一份蓋了章的文件，文件上有公證人的證明，寫著「我，嘉斯頓・蕭菲，授權讓我的身體成爲他人的糧食」，並附有簽名和文件編號。嘉斯頓・蕭菲身穿紅袍，走向前。他是一位七十歲的老翁。

嘉斯頓・蕭菲面露微笑，以激昂且堅決的語氣，背誦起獻身會的祈禱文：「人類是世間所有惡的根源。我們是我們自身的病毒。」獻身會成員個個高舉雙手，呼喊：「病毒。」嘉斯頓・蕭菲接著說：「我們是最糟糕的害蟲，摧毀我們的星球，害我們的同類挨餓。」其餘成員再次打斷他：「挨餓。」所有人高喊。「我的身體餵養其他人類之際、餵養眞正需要我身體的人之際，我的人生才眞的有意義。爲什麼要在無意義的火化中浪費我的蛋白質價値呢？我已經活過了，對我來說夠了。」所有人異口同聲地呼喊：「拯救星球！獻身吧！」

好幾個月前，獻身的候選人是一名年輕女子。祈禱文唸到一半，瑪麗鬼吼鬼叫地走下樓梯，說好好的一個女孩子正値花樣年華，卻要自殺，實在是太荒謬了，他們這才不是拯救星球，一切都是胡說八道，她無法允許一個如此年輕的女孩被一幫神經病洗腦，他們應該感到羞恥，爲什麼大家乾脆不一齊自殺死一死算了，她無法理解若眞的想助人，爲什麼不把所有的器官都捐出去就好了，名叫「獻身會」，一堆成員卻活得好好的，眞是可笑至極。瑪麗持續吼叫個不停。他抱住瑪麗，將她帶到另一個房間，扶她坐下，幫她倒了一杯水，等她冷靜下來。瑪麗稍微哭了一會兒，接著恢復鎮定。「爲什麼他們不直接把自己交給黑市處理？爲什麼他們非得來這裡？」瑪麗花容失色地問他。「因爲他們需要合法獻身，獻身會才可以繼續運作下去，他們需要證明書。」克里格原諒瑪麗惹出的鬧劇，因爲他也同意她所說的一切。

肉品加工廠不得不接待獻身會的人，以及，根據瑪麗的說法，「上演令人毛骨悚然的秀」。起初，沒有任何一間肉品加工廠接受獻身會的人，獻身會爭取了許多年，政府才終於讓步，達成協議。非得等到某個與政府高官有往來、人脈很廣的人入會，他們的努力才終於有成果。政府最終必須和少數幾間肉品加工廠取得協議，請它們接應獻身會的人，以減稅作爲回報，藉此解決一樁麻煩事，省得應付這幫神經病，省得再假惺惺地推動食人合法化。若一個有名有姓的人可以被吃、合法被吃，而且這人還不被視爲肉類產品，那我們還有什麼理由不能互吃呢？政府沒說的是，獻身會的肉用途爲何，從來沒有明說，因爲那是沒有人想吃的肉，沒有人曉得打哪來的肉，沒有人必須以市價購買的肉。許久前克里格下令，要工作人員告訴獻身會成員他們的肉會有特別認證，將交由最貧困的人食用，除此之外不可多做解釋。他將這份證明書交給獻身會，讓他們歸檔，和這些年的其他證明書一起保存。事實上，這些肉最後眞的會落入最貧困的人手中。最貧困的人就是食腐客，他們已經在鐵絲網四周虎視眈眈了，他們知道一場盛宴即將展開，才不管是不是老人的肉，只要肉很新鮮，對他們而言都是珍饈。食腐客的問題在於他們是一群邊緣人，完全不被社會重視。他們是被社會排擠的過街老鼠。因此，不能告訴獻身者他的身體將會被食腐客開膛破肚、撕成碎片、啃咬、呑食下肚。

他給獻身會成員一點時間，讓他們和獻身候選人嘉斯頓．蕭菲道別。嘉斯頓．蕭菲好似神魂超拔。他曉得嘉斯頓．蕭菲的這個狀態持續不了多久，等大夥兒到致昏室的隔間時，嘉斯頓．蕭菲很有可能會嘔吐或哭泣，或者想要逃跑，或是害怕到尿失禁。沒有上述這些反應的人，不是嗑藥嗑過頭，就是精神錯亂。他曉得肉品加工廠的工作人員之間有賭局，打賭獻身候選人會有何反應。等待獻身會成員結束擁抱的同時，他納悶小茉此時可能在做些什麼。起初他必須把小茉關在畜棚內，避免牠弄傷自己，或把家裡拆了。他向克里格申請用完積假，一連休了好幾個星期，就是和小茉待在一起，教牠如何在房屋裡生活，如何好好坐在餐桌上吃晚飯，如何拿好叉子，如何洗澡，如何拿好水杯，如何打開冰箱，如何使用浴室。他必須教導小茉不要害怕。小茉的恐懼是後天學來的，根深柢固，深植於心。

嘉斯頓．蕭菲站上前，朝著前方舉起雙手，以戲劇性的動作交出自己，彷彿他的這套儀式有某種意義。他慷慨激昂地朗誦：「正如耶穌所說，領收吃吧，吃我的身體吧。」[21]他以歡欣鼓舞的語氣說出這段話。接下來得以見證整場獻身執行有多墮落的人，就只有他。

墮落，以及瘋狂。

他等待其餘的獻身會成員離開。一名保全領著他們到出口。他對保全說「小卡，你帶他們」，接著做了一個手勢，小卡知道那意味著「你帶他們，確保他們確實離開」。

他請獻身候選人坐在一張椅子上，並給了他一杯水。屠宰前他們會強迫牲口完全禁食，但這種時候沒人管規則。獻身的肉是要給食腐客吃的，他們對什麼精緻、規則和違規沒興趣。有鑑於此，他給嘉斯頓．蕭菲喝水的目的是希望他盡可能保持冷靜。他去裝水，順便和小卡說了幾句話。小卡向他確認獻身會的成員已搭上一輛白色廂型車，他親眼目送他們驅車離開。

話，前往肉品加工廠。他沒辦法不去想著那個嬰兒、他的兒子。對，他的。他會想出辦法，不讓任何人把孩子拿走。他不耐煩地接待獻身會的人，他才不在意獻身女候選人克勞蒂亞．拉莫斯年輕不年輕。他也沒多想，其他獻身會成員離開時，他沒等到他們被送到出口，便直接把克勞蒂亞．拉莫斯帶到致昏隔間。他也不在意一路上克勞蒂亞．拉莫斯透過窗子會看見內臟處理室和割喉室，不在意她每走一步路就變得更加面無血色，心情更加忐忑。他沒考慮到當時塞希歐剛好在休息，當班的是另外一位較沒經驗的致昏作業員瑞卡多。他沒考慮到他和克勞蒂亞進入致昏區的休息室時，瑞卡多居然把克勞蒂亞當作牲畜，抓住她的手臂，試圖扯下她的長袍，想要讓她一絲不掛地被擊昏，手法有些暴力，有些不尊重。克勞蒂亞．拉莫斯嚇得半死，掙脫開來，狂奔逃了出去，在肉品加工廠內死命亂跑，跑過各個作業區，大喊「我不想死、我不想死」，最後跑到卸貨區，撞見一批牲口自貨車上走下來。克勞蒂亞．拉莫斯直直衝向牲口，大喊：「不，別殺我們，拜託，不要，別殺我們，別殺我們。」塞希歐曉得克勞蒂亞．拉莫斯是獻身會的人，因為牲口不會說話，看見她高速衝了過來，便一把拿起槌子（他總是槌子不離身），擊昏克勞蒂亞，手法之精準，令所有人看得目瞪口呆。他也在克勞蒂亞．拉莫斯背後狂奔，但追不上她，眼睜睜地看著塞希歐把克勞蒂亞．拉莫斯打暈，頓時鬆了一口氣，用手持對講機呼叫保全，問獻身會的人是否離開了。「剛離開。」對方回答他。他命令兩位作業員把克勞蒂亞．拉莫斯帶到食腐客出沒的區域。就這樣，失去意識的克勞蒂亞．拉莫斯被潛伏於通電柵欄外幾公尺處的食腐客用開山刀和菜刀大卸八塊，被他們就地吃下肚。克里格先生獲悉此事，但沒特別在意，因爲他已經受夠獻身會了。反之，他知道同樣的插曲不能再發生，要不是塞希歐把克勞蒂亞．拉莫斯擊暈，後果可能更加不堪設想。

嘉斯頓．蕭菲稍微搖晃著身子。鎮靜劑開始發揮藥效了。他們經過內臟處理室和割喉室，但窗子都被遮住了，什麼也看不到。一行人來到致昏室。塞希歐在門口等著他們。嘉斯頓．蕭菲臉色有些蒼白，但依舊是吃了秤砣鐵了心，一心獻身。塞希歐幫他脫下長袍和鞋子。嘉斯頓．蕭菲裸著身子，微微顫抖，困惑地看著四周，正要開口說些什麼時，塞希歐小心地抓住他的手臂，用一條繃帶蒙住他的眼睛，領著他來到致昏隔間內。嘉斯頓．蕭菲死命亂動，說著沒有人聽得懂的話。他想必須增加鎮靜劑的劑量才是。塞希歐在嘉斯頓．蕭菲的脖子上套上不鏽鋼頸套，對他說了幾句話。嘉斯頓．蕭菲好似冷靜下來，至少不再動來動去、胡言亂語了。塞希歐

3

他拖著疲憊的身子回到家。打開小茉的房門前他先沖了個澡，不然小茉不會讓他安靜洗澡，會試圖跟他一起沒入水中，親吻他、擁抱他。他可以體諒小茉的這番行爲，牠獨自在家一整天，每次他回家，總是被小茉滿屋子追著跑。

他打開門，小茉以一個擁抱迎接他。他把嘉斯頓．蕭菲、瑪麗和致昏室拋諸腦後。

房間的地板上擺了幾張床墊，沒有傢俱或任何可能會害小茉受傷的物品。發現小茉懷孕後，他布置了這間房間，所有想得到的預防措施他都採取了，就怕他的孩子會出意外。小茉學會在一個他每日清理的桶子內解決生理需求，學會等待桶子清理好才大小便。這四面牆壁構築起的空間特別布置過，小茉什麼意外都不會發生，可以在房間內自由活動。

他好久沒有感覺這間屋子是他的家，之前只是個睡覺吃飯的空間，充斥著破碎的話語、密封在牆壁內的沉默，堆積的悲傷將空氣化爲碎片，劃破空氣，割破氧氣。一間醞釀著瘋狂的屋子。瘋狂蟄伏於室，一觸即發。

然而，打從小茉來了以後，屋裡充滿了狂野的氣息，和牠那閃閃發亮、瘖啞的歡笑聲。

他走進從前屬於雷歐的房間。他已拆下小船圖案的壁紙，把房間漆成白色，造了新的搖籃和傢俱。他沒辦法購買這些物品，不想讓任何人起疑心。從肉品加工廠下班回家後，他習慣坐在地板上，想像該爲搖籃漆上什麼顏色好。他好希望他的兒子這個當下就出生，想像凝視兒子的雙眼的那一刻，兒子會讓他知道他希望搖籃漆上什麼顏色。頭幾個月他會在床鋪旁邊擺一張臨時的搖籃，讓兒子伴他入眠。

他要竭盡所能，讓這個嬰兒活下去。

小茉總是跟他一起坐在嬰兒房內。他寧願如此，寧願小茉做他的跟屁蟲。家裡每個抽屜都上了鎖。有天他從肉品加工廠回到家，發現小茉把所有的刀都拿出來了，還割傷自己一隻手。小茉坐在地板上，鮮血緩緩淌出，沾得牠全身都是。他心急如焚，幸虧只是皮肉傷。他治好小茉的手，幫牠清洗身子，然後把刀子上鎖收好，叉子和湯匙也是。他清洗地板，發現小茉先前試圖在地板的木頭上畫圖。因此，他買了蠟筆和紙給牠。

他買了攝影機，與手機連線，在肉品加工廠時他可以知道小茉在房間內做些什麼。一整天下來好幾個小時，小茉不是看電視，就是睡覺、畫畫，或是凝視著某一點發呆。有時候，小茉好似在思考，好似眞的有能力思考。

4

「您吃過活的東西嗎？」

「沒吃過。」

「有一股震動的感覺、一股小小的、脆弱的體溫，吃起來特別美味。一口一口奪走一條生命。曉得這個生物因爲你的意圖、你的動作而死亡，實在令人愉悅。像是感覺那個複雜且美麗的有機體漸漸嚥下最後一口氣，但同一時間也開始成爲另一個有機體的一部分。直到永遠。這個奇蹟、這個拆不散的結合的可能性，令我著迷。」

烏爾雷特拿著一個好似古老聖餐杯的酒杯，喝著葡萄酒。酒杯是透明的紅色，雕花玻璃，有著奇怪的人形，可能是裸女，圍繞著一個篝火起舞。不，是抽象的人形。是一群正在號叫的男人嗎？烏爾雷特抓著杯腳，以極緩慢的速度舉起酒杯，彷佛酒杯是個價值非凡的物品。酒杯的顏色和他無名指上的戒指一樣。

他看著烏爾雷特的指甲，和每一次一樣，克制不住噁心的感覺。烏爾雷特精心保養他的指甲，但留得很長，給人某種催眠且原始的感覺，彷彿某種號叫聲、某種古老的存在，讓人不禁想知道被這些手指觸摸是什麼感覺。

一想到自己一年只需要拜訪烏爾雷特幾次，他就很高興。

烏爾雷特坐在一張高椅背的深色木頭扶手椅上，背後掛著這些年他狩獵來的六顆人頭。烏爾雷特總愛對有意願聆聽的人解釋，那些人頭是他花了最多的工夫才獵得的戰利品，是帶給他「巨大且痛快的挑戰」的獵物。人頭一旁有幾張裱了框的舊相片，一系列在過渡期前，獵人們在非洲狩獵黑人的相片。最大張且最清晰的相片中，一名白人獵人托著步槍，跪在地上，背後有四顆串在木樁上的黑人人頭。獵人笑容滿面。

他說不上來烏爾雷特幾歲。烏爾雷特是那種好似從世界之初便存在的人，但具有某種生命力，看起來很年輕。四十歲、五十歲，可能六十歲了吧，無從得知。

烏爾雷特不發一語，看著他。

他認爲烏爾雷特除了收集戰利品，也在收集話語。對烏爾雷特而言，話語和掛在牆壁上的人頭有著相同的價值。烏爾雷特的西班牙語說得幾近完美，使用華麗的辭藻表達，精心挑選每一個詞，彷彿不這麼做，話語會隨風而逝，彷彿句子在空中結成玻璃，而他能夠抓住句子，上鎖收在一個傢俱內，但也不是隨隨便便的傢俱，而是一個新藝術風格的玻璃門古董傢俱內。

過渡期後，烏爾雷特搬離羅馬尼亞。羅馬尼亞禁止狩獵人類，他之前經營一個動物獵場，想要換個地方另起爐灶。

他從來都不曉得該回答烏爾雷特什麼。烏爾雷特盯著他，彷彿等著他說出某個發人深省的句子或富有見地的詞語，但他想要離開。他想到什麼就說什麼，說起話來很緊張，因為他禁不住烏爾雷特盯著他瞧，無法不去感覺烏爾雷特體內有個存在，自體內抓撓著他的身體，試圖闖出來：

「嗯，吃活的東西一定很迷人。」

烏爾雷特的嘴巴稍微動了一下，做出一個小小的表情——那是蔑視。他看得很清楚，他認得那表情，因為每回不得不拜訪烏爾雷特時，烏爾雷特話說著說著，總是透過某種方式表現出漫不經心的模樣，不然就是他一直在重複烏爾雷特說過的話，不然就是他沒有什麼新的資訊可以補充，不然就是他回答的句子害烏爾雷特無法繼續高談闊論下去。但烏爾雷特的舉手投足都拘謹得很刻意，總是小心到讓人幾乎無法察覺他的表情——隨即露出微笑，回答他：

「的確，我親愛的 cavaler。」

烏爾雷特從來不叫他的名字，而且總是對他使用敬語，稱他爲「cavaler」，羅馬尼亞語的「先生」。

他上門的時候是白天，但烏爾雷特的辦公室，莊嚴的黑色木頭辦公桌後、好似王座的椅子後、人頭標本和相片底下，點著蠟燭，彷彿這個地方是一個巨大的祭壇，彷彿那幾顆人頭是一種宗教的聖物。烏爾雷特個人的宗教，致力於收集人類、話語、相片、味道、靈魂、人肉、書本和存在的宗教。

辦公室的牆壁上排滿好幾座書架，從地板到天花板那麼高，架上擺滿了舊書，大部分的書名都是羅馬尼亞文，雖然書架離他很遠，他還是看得見其中幾本：《死靈之書》、《聖賽普勒斯的魔法大典》、《教皇里奧三世的手冊》、《大奧義書》、《死者之書》。

遠方傳來從獵場回來的獵人的笑聲。

烏爾雷特將註記了下次訂單的文件交給他，其中一根指甲磨蹭到他的手，令他不禁感到不寒而慄。他快速將手抽回來，無法掩飾噁心的感覺，不想看著烏爾雷特的雙眼，因爲他害怕那個存在、那個生活在烏爾雷特的皮囊底下的存在會停止抓撓，掙脫束縛。那玩意兒是某個被他活生生吃下肚的生物的靈魂嗎？困在他體內了？

他看了訂單一眼，看見烏爾雷特用紅筆標記了「懷孕母人」。

「我不想再收到沒有懷孕的母人了，跟白痴沒兩樣，太溫馴了。」

「好，有身孕的母人價格要三倍，若懷孕四個月以上，價格更高。」

「沒問題，我想要體內胎兒已經發育成形的母人，之後我要把胎兒拿來吃。」

「好，我注意到您也增加公人的訂單數量了。」

「你送來的公人是市場上品質最好的，牠們越來越靈活，越來越有思考能力，彷彿眞的有能力思考一樣。」

一名助理緩緩敲著門。烏爾雷特叫對方進來。助手走上前，在烏爾雷特耳邊悄悄說了些什麼。烏爾雷特做了一個手勢，助理默默退下，將門關上。烏爾雷特微微笑。

他不自在地坐著，不曉得該做什麼才是。烏爾雷特用指甲敲打桌子，動作緩慢，表情依舊笑臉迎人。

「我親愛的 cavaler 啊，命運對我微笑。前陣子許多名人遭遇不幸，債臺高築，我給了他們一個機會，讓他們來這裡找回失去的財富。」

「什麼意思？我不懂。」

烏爾雷特又喝了一口酒，等待了幾秒鐘才回答。

「他們必須在獵場待一個星期、三天，或幾個小時，根據他們的債務總額而定，要是沒有被人獵到，活著離開這場冒險，我為他們的債務總額作保。」

「意思是，他們願意送死，就因為他們欠錢？」

「有些人為了更微不足道的代價，什麼慘無人道的事情都幹得出來，cavaler。比方狩獵一個名人，然後把他吃下肚。」

烏爾雷特的回答令他困惑。他從來沒想過烏爾雷特會批判吃人這件事。

「您的道德標準自相矛盾，您覺得吃人是慘無人道的事？」

「才怪。人類是一種複雜的生物，我們與生俱來的卑劣、矛盾和自視甚高的特性在在令我讚嘆不已。要是人人都純潔無瑕，人類的存在簡直就像一片令人惱火的灰色。」

「話說，您爲什麼把食人視爲慘無人道的行徑？」

「因爲食人本來就慘無人道。但奇妙就奇妙在這一點，我們居然接受自己如此不節制，居然把食人視爲理所當然的事情，居然擁抱我們原始的本質。」

烏爾雷特停頓了一下，爲自己斟酒，也問他還要不要再喝，但被他婉拒了，說等會兒還得開車。烏爾雷特接著說下去，慢慢地說，先摸摸無名指上的戒指，再轉轉它：

「到頭來，打從世界是世界以來，我們就在互吃了，不是象徵性地互吃，就是眞的互相吞噬。過渡期讓我們有機會活得沒那麼虛僞。」

烏爾雷特緩緩起身，對他說：

「跟我來，cavaler，咱們來享受慘無人道的暴行吧。」

他只想回家和小茉待在一起，摸摸牠的肚子，但烏爾雷特身上有某種既吸引人又令人反感的東西。他起身，跟上烏爾雷特的腳步。

兩人從一扇面對獵場的大窗戶探頭出去。自石頭砌的迴廊上看得見六名獵人正在和他們的戰利品合影，其中幾位跪在地上的獵物屍體上，其中兩位揪著獵物的頭髮，把獵物的頭抬起來，對著相機。其中一名獵人獵到一頭懷孕母人。他估算了一下，母人應該有六個月的身孕。

隊伍中央有一名獵人帶著一頭站著的獵物。獵物靠在他身上，由一名助手自後方撐著。那是最大隻的獵物，最值錢的獵物，身上的衣服骯髒，但看得出來牠價值不菲，品質良好。那頭獵物是一名樂手，一個欠了一屁股債的搖滾樂手，他不記得名字，但曉得那傢伙從前很出名。

助理們上前，請獵人們交出步槍。獵人們把獵物扛在肩膀上，走向一座畜棚，在那兒將獵物秤重、做記號，然後交給廚師肢解。廚師接下準備料理的肉塊，並把獵人們要帶走的部分眞空密封。

獵場提供獵人打包外帶牲口的服務。

5

烏爾雷特送他到出口，但兩人在門口遇到一位後來抵達的獵人。那人是葛雷洛．伊勢拉。他和葛雷洛．伊勢拉很熟，因爲對方之前爲他的肉品加工廠供應牲口。葛雷洛．伊勢拉擁有業界最大的養殖場之一，但他不再跟他訂購牲口，因爲合作了一陣子之後，葛雷洛．伊勢拉送來的牲口不是患有疾病，就是具有暴力傾向；開始不按時交貨，開始對牲口注射讓肉質變得更加軟嫩的實驗藥物。總之，肉品的品質非常糟糕，他受夠了葛雷洛．伊勢拉做生意的馬虎態度，受夠了無法與他直接溝通，受夠了每次都必須轉接三名祕書，卻只能和葛雷洛．伊勢拉說不到五分鐘的電話。

「馬可仕．特霍！親愛的老朋友呀！你好嗎？咱們多久沒見面啦？」

「我很好，非常好。」

「烏爾雷特，咱們邀請這位 gentleman 一起上桌吃飯，No discussion。」

「您說了算。」

烏爾雷特微微鞠躬，接著向其中一名助理做了個手勢，在他耳邊說了些話。

「來一起吃飯吧，今天打獵的成果 pretty spectacular，我們大家都想嚐嚐烏里塞斯．沃克斯的滋味。」

他心想：「對喔，這就是那個欠了一屁股債的搖滾樂手的名字。」他覺得吃烏里塞斯．沃克斯的肉是一個變態的行爲，便回答葛雷洛．伊勞拉：

「我回程還得開很久的車。」

「No discussion。看在往日交情的份上，我得請你吃一頓，眞希望可以回到昔日。」

他知道就經濟層面來說，把葛雷洛．伊勞拉從供應廠商的名單中剔除，並不會對他造成太大的影響。畢竟，葛雷洛．伊勞拉養殖場供應全國一半的牲口，而且出口量龐大。然而，他也曉得自己還有一些威望，因爲克里格肉品加工廠是市場上最正派的企業。但有一條絕對不能打破的規則：他必須和每一位供應商和睦相處，就算葛雷洛．伊勞拉說西班牙語時老愛夾雜英語，叫人惱火，也不能和他翻臉。葛雷洛．伊勞拉總愛提及他出身什麼樣的門第，總愛提醒大家他上過雙語學校，家族世世代代經營養殖場，起初飼養家畜，現在飼養人類。你永遠也不知道自己未來還會不會必須和這種人做生意。

烏爾雷特沒讓他回話，插嘴說：

「當然好，我們這位 cavaler 想必很樂意一起用餐，我的助理們正準備多上一道菜。」

「Great！我猜您也會一起用餐吧？」

「再榮幸不過了。」

三人來到一間大廳。其餘獵人們都已在廳內，坐在高椅背的皮革扶手椅上抽雪茄。他們已脫下靴子和背心。助理們送上午宴時得穿的西裝外套和領帶。

一名助理敲了鐘，所有人起身前往飯廳，在一張餐桌入座。餐桌上擺放著英式餐具、銀製餐刀和玻璃高腳杯。餐巾上繡有獵場的縮寫首字母，椅子有高椅背和紅色天鵝絨坐墊，大型枝狀燭臺上點了幾根蠟燭。

進入飯廳前，一名助理請他跟他走一趟，接著拿了件西裝外套給他試穿，再爲他搭配一條領帶。他覺得不過是吃個飯，如此大費周章準備，實在荒唐，但他不得

夥兒不叫這道菜手指，而是稱之爲 fresh fingers，彷彿切換成英語，正在吃幾個鐘頭前還活得好好的人類的手指這件事就能夠被賦予新的意義。

葛雷洛．伊勢拉正在聊露露夜總會，用行話聊，因爲大家都知道那地方是風月場所，從事人口販賣。露露夜總會的特色在於花錢尋找性服務後，也可以再付另外一筆錢，把方才在床上翻雲覆雨的女人吃下肚。代價不菲，儘管違法，但夜總會還是提供這個選項。舉凡政客、警察、法官，所有人都參一腳，從中各分一杯羹，因爲人口販賣已從產値第三大的行業，一躍成爲最有賺頭的買賣。被嫖客吃掉的女子不多，但時不時就有幾位，比方葛雷洛．伊勢拉正在分享的經驗，他好似花了「billons、billons」嫖了一個令他爲之瘋狂的金髮尤物，之後，想當然耳，「必須更進一步」。獵人們哈哈大笑，所有人舉杯敬酒，慶祝葛雷洛．伊勢拉做出的決定。

「所以，吃起來如何？」其中一名最年輕的獵人問。

葛雷洛．伊勢拉只將手指湊到嘴巴上，做了個代表美味的手勢。任何人都不能公然承認自己吃了一個有名有姓的人。這名樂手的案例除外，他本人已簽署了同意書。然而，葛雷洛．伊勢拉暗示自己幹過這種事，藉此表示他的財力雄厚，也因此才邀了馬可仕一起吃午餐，想當面給他難看。其中一位獵人坐得離他很近，他聽見對方悄悄告訴另外一位獵人那名金髮尤物其實是名年僅十四歲的小處女，不肯乖乖就範，所以招來一頓毒打，被葛雷洛·伊勞拉在床上操得不成人形，被他一連強姦了好幾個小時。那名獵人說他當天也在夜總會，那小女孩被人拖去屠宰時，早已奄奄一息。

他心想就這個案例來說，還眞是名副其實的「賣肉」，一股噁心的感覺油然而生。他一面思索著這件事，一面試著吃下糖漬蔬菜，但不碰切成小小段的手指。

坐在他身旁的烏爾雷特看了他一眼，在他耳邊說：

「要尊重即將吃下肚的東西，cavaler。每一道菜蘊含著死亡，您就當作有人爲了他人獻身。」

烏爾雷特再次用指甲磨蹭他的手，他感覺背脊全涼了起來，覺得自己聽得見烏爾雷特的皮膚底下傳來的抓撓聲、壓抑的號叫聲，和那個想要逃脫的存在。他囫圇吞下 fresh fingers，因爲他想盡早吃完飯閃人，不想和烏爾雷特爭論，也不想聽他那些胡說瞎扯的理論。他不會告訴烏爾雷特獻身通常需要獻身者的同意書，也不會跟他強調一切事物蘊含著死亡，不只是這道菜，他、烏爾雷特，和所有人一樣，每一秒鐘也都在死去。

他很意外手指居然如此美味，發覺自己好懷念吃肉。

一名助理端來單獨一道菜，將盤子擺在獵到樂手的那名獵人前方，接著隆重介紹菜色：

「烏里塞斯・沃克斯的舌頭，上等香草醃製，佐泡菜和檸檬馬鈴薯。」

大夥兒笑著鼓掌。某人說：

「你還眞是三生有幸，吃得到烏里塞斯舌。之後你得唱首他的歌給大家聽聽，看看你的歌聲是不是跟他一樣。」

所有人捧腹大笑。除了他，他笑不出來。

助理爲其餘的賓客端上心臟、眼珠、腎臟和臀部。葛雷洛・伊勞拉特別指定要吃烏里塞斯・沃克斯的陰莖，大夥兒把陰莖留給了他。

「他的老二很大。」葛雷洛・伊勞拉說。

「你變成死娘炮啦？你嘴裡吃的是人家的屌欸。」某人對他說。

所有人哈哈大笑。

「才怪，吃這個會增強性能力，有壯陽功效。」葛雷洛・伊勞拉一本正經地說，不屑地瞪著叫他死娘炮的那個人。

所有人都不敢吭聲。葛雷洛．伊勞拉很有權勢，沒有人想要忤逆他。某人爲了扯開話題、緩解緊張的氣氛，開口問：

「我們在吃的這個泡菜是什麼東西呢？」

鴉雀無聲。沒有人曉得泡菜是什麼。葛雷洛．伊勞拉算是受過教育，曾遊歷全世界，且通曉多種語言，但就連他也不知道。和一群沒有文化教養的粗人一起用餐，令烏爾雷特很不悅，他掩飾得很好，但也不是完全感受不到。烏爾雷特語氣略顯不屑地回答：

「泡菜是蔬菜經過發酵一個月製成的食品，起源於韓國，具有許多對人體有益的功效，比方含有益生菌。我總是給我的客人最好的。」

「我看是含有烏里塞斯生前施打的毒品的益生菌還差不多啦。」某人說。所有人捧腹大笑。

烏爾雷特沒有答話，臉上只繃著一張似笑非笑的表情，看著所有人。他曉得那個存在，那個在那兒、自烏爾雷特體內抓撓著他的皮膚的玩意兒，想要號叫，想要以一聲鋒利尖銳的叫聲撕破空氣。

葛雷洛．伊勞拉使一個眼神，眾人恢復秩序。他開口問：

「烏里塞斯．沃克斯是怎麼被獵到的？」

「我在一個類似藏身處的地方，趁其不備，逮到他。他運氣不好，移動的時候我剛好經過。」

「廢話，你裝了仿生耳，誰可以從你手中逃掉。」獵到懷孕母人的那名獵人說。

「小歷桑德羅是個 master，不愧是努涅斯．格瓦拉家族的人。國內許多最厲害的獵人都是出自他們家族。」葛雷洛．伊勞拉說。

「若烏爾雷特下次又搞到明星，記得留給我啊，小子。」葛雷洛．伊勞拉用叉滿肉的叉子指著他說。這句話很明顯是在威脅小歷桑德羅。小歷桑德羅低下視線。

葛雷洛．伊勞拉舉起酒杯，所有人爲小歷桑德羅及他第一流的獵人們第敬酒。

「烏里塞斯原本還差幾天可以離開啊？」某人問烏爾雷特。

「今天是他最後一天，他原本只剩五個小時。」

所有人鼓掌，敬酒。

除了他。他心裡想著小茉。

6

他曉得自己會晚回家。回程的路途很長，但他不想和從前還沒有小茉時一樣，找間旅館過夜。他已經開了好幾個鐘頭的車，知道自己回到家時就已經入夜了。

他經過廢棄動物園，過而不入，因爲園內黑漆漆的一片，而且因爲他不想再去那兒了。最後一次去廢棄動物園時，他仍不曉得小茉有孕在身。那天他需要讓頭腦清醒清醒，想要去鳥園晃晃。

那天快到鳥園區時，他聽見呼喊聲和笑聲。聲音是從蛇園傳來的。他繞著建築物，慢慢靠近，看看是否能找扇窗子，一窺究竟，省得還得進去。

其中一面牆壁破了個洞。他小心翼翼地探頭進去，看見一群少年，一共六、七人，手持棍棒。

少年在小狗所處的蛇園內，打破了養育箱的玻璃。他看得見小狗們在那兒，縮成一團，依偎在一起，渾身發抖，發出害怕的嗚嗚聲。

其中一名少年抓起其中一隻小狗、幾個星期前他輕撫過的那隻，將小狗拋到半空中，另外一名個子比較高的少年把小狗當作球，一棍打在小狗身上。小狗重重撞在牆壁上，摔落在地，死在另外一隻小狗旁邊。

少年們鼓掌叫好。其中一人說：

「我們來抓牠們的頭撞牆，把牠們的腦撞破吧。我想看看那感覺是什麼。」

少年抓起第三隻小狗，拿小狗的頭連撞了牆好幾下。

「跟撞破香瓜沒兩樣，爛透了。拿最後一隻試試。」

最後一隻小狗試著反抗，吠個不停。那隻小狗是傑格，他心想，怒火中燒，因爲他曉得自己救不了傑格，因爲他一個人打不過他們。少年正要把小狗往空中扔時，被小狗咬了手一下。他替傑格小小的復仇感到爽快。

少年們先是哈哈大笑，接著一動也不動，不發一語。

「你死定了，智障，我就跟你說要從脖子抓。」

少年沉默不語，不曉得該如何反應。

「你身上現在有病毒了。」

「你被感染了啦。」

「你要死掉了。」

所有人害怕地遠離那名少年幾步。

「什麼病毒的根本是胡扯，都是放屁。」

「可是政府……」

「可是政府什麼？那些當官的都是一群操他媽的狗娘生的貪腐米蟲，你居然相信他們說的話？」

少年邊說，邊在空中搖晃傑格。

「也不是說我相信，可是有人死了啊。」

「別要智障了好嗎，你沒發覺他們在控制我們嗎？若我們互吃，他們就可以控制人口過剩、貧窮和犯罪等等問題，你要我繼續說下去嗎？你還不明白嗎？」

「對啦、對啦，就跟那部禁片一樣，電影的最後所有人都在互吃，而且還不自知。」

「哪部？」

「那個……片名好像叫做《新世界謀殺案》22，或諸如此類的狗屁。我們在深網看的啊，不難找，因爲那部片被列爲禁片之一。」

「啊，對，白痴，我想起來了。那部片中人們吃綠色的小餅乾，但其實餅乾都是用死人揉出來的。」

抓著傑格的少年把牠高舉在半空中，更大力地搖晃，扯破嗓子大吼。

「我才不會被這隻破爛畜生害死勒。」

少年語帶怨恨和恐懼，接著將傑格重重砸到牆上。傑格摔落到地上，但還活著，嗚嗚叫，呻吟個不停。

「我們放火燒牠會怎樣？」其中一名少年問。

他看不下去了。

7

每隔一段時間，會有一名家畜管理署的稽查員來到他家中拜訪。家畜管理署的每一個人、擔任重要職位的人，他都認識，因爲他在那裡工作過。那段時期獸醫學院遭勒令關閉，世界陷入混亂。他的父親開始想要活在書本中，常常凌晨三點叫醒他，說想要和樹上的男爵[23]聊聊，請對方幫助他進入書頁之中。之後父親又口口聲聲告訴他書本都是來自平行維度的間諜。而動物成了一項威脅，世界以快得令人不寒而慄的高速重建完成，食人合法化。那段時期他在那裡工作，在家畜管理署上

22 此處指的是一九七三年發行之反烏托邦電影《超世紀諜殺案》（Soylent Green），西語版片名為「Cuando el destino nos alcance」，但書中人物口誤說為「El destino que nos alcanza」。

23 義大利作家卡爾維諾（Italo Calvino, 1923~1985）於一九五七年出版之小說作品。

班，因爲在父親的肉品加工廠員工的大力推薦下，家畜管理署找上他。他是負責草擬法規和規章的人之一，但只幹了不到一年，因爲薪水很差，而父親住進安養院，他得應付這筆開銷。

小茉被送到他家沒幾天後，家畜管理署首次登門拜訪。當時小茉還沒有名字，只是清冊中的一個編號，只是一個麻煩，與其他家畜並無二致。

那天上門的稽查員很年輕，不曉得他之前在家畜管理署工作過。他帶稽查員來到畜棚，小茉在那兒，被繩索拴住，裸體躺在一條毛毯上。稽查員好似見怪不怪，只問他該打的疫苗是否都打了。

「是別人送的禮物，我還不習慣養牠。不過，是的，牠打過疫苗了，我現在就拿證明文件給你看。」

「您可以把牠賣掉，牠是第一純潔世代的，價値連城。我有一份有興趣購買的買家名單。」

「我還不知道我要怎麼處理牠。」

「我沒看見有不符合規定的地方，我只建議您稍微更注意牠的清潔，以防牠感染疾病。若您決定屠宰牠，別忘了跟專門執行屠宰的人士聯繫，請他證明屠宰確實鬼東西，害我現在成了一個不開心的瘦皮猴。找個時間一起吃烤肉吧，特霍仔。」

大胖彼內達從前是他的搭檔，剛開始有人飼養家畜時，頭幾次對飼主所做的稽查是兩人一起執行的。人們曉得什麼事情被禁止、什麼事情沒被禁止，但沒料到會有稽查這回事，他倆什麼狀況都親眼見過了。

法規隨著稽查工作不斷調整。他記得有一起案例，應門的是一名婦人，他和大胖向婦人詢問母人的事，說需要檢查文件，確認母人已施打過疫苗，並檢查其居住條件。婦人緊張起來，說她的丈夫才是母人的飼主，現在不在家，請他們晚一點再過來。他看了大胖一眼，兩人心裡有著同樣的想法，連忙衝向試著把門關上的婦人，強行進到屋內。婦人放聲嘶吼，說他們不能進來，這麼做是違法的，她要報警。大胖告訴婦人他們經過授權，她想報警就報吧。他和大胖檢查每間房間，但沒有發現母人的蹤影。此時，他心血來潮，打開壁櫥，並檢查每一張床的床底，兩人甚至檢查了夫妻床底下，發現一個裝有小輪子的木箱，大小足以讓一個人躺臥其中。他們打開箱子，母人就在裡頭，躺在那個像是棺材的玩意兒內，動彈不得。他們不曉得該怎麼辦，因為法規並沒有考慮到這種案例。母人毫髮無傷。一般來說沒有人會把母人養在木棺內，但他們也不能因此對飼主開罰。婦人進到房間，看見他們找到母人了，頓時崩潰，開始號啕大哭，說她的丈夫寧可和母人性交，也不願意跟她行房，她受夠了，說她被一頭牲畜取代了，說她光想到睡覺時床底下躺著這頭噁心的畜生就受不了，說她感覺被羞辱了，說要是她因爲身爲共犯而被抓去市立屠宰場，她也不在意，她只想回到她正常的人生、過渡期前的人生。聽完婦人這番供詞後，他和大胖聯絡負責檢查牲口的團隊，確認牲口是否眞的「與飼主交歡過了」。「交歡」是這類案件的官方用語。法規明確指出牲口只能透過人工繁殖，必須在特殊的銀行購買精子，需由合適的專業醫師執行人工授精，且全程需紀錄，並通過認證，以便若該母人順利懷孕，給予胎兒身分編號。因此，飼養在家中的母人必須保持處女的狀態。和牲口性交、和牲口「交歡」是違法的行爲，刑責是送到市立屠宰場處死。特殊團隊來到這戶人家，確認母人被「無所不用其極」地上過了。母人的主人是一名六十來歲的男子，最終被判刑，被直接送到市立屠宰場。他的妻子被開了一張罰單，母人被沒收，在拍賣會上以「非法交歡」——這是專門用語——的緣由賤價賣出。

自獵場舟車勞頓回到家後，他睡沒幾個小時就被嚇醒。他聽見汽車的喇叭聲。小茉在他身旁，眼睛瞪得大大的，看著他。小茉常常一動也不動地盯著他瞧，因爲

「您說的是彼內達先生嗎？他已經不在稽查組工作了。」

他感覺背脊竄過一陣寒意，嘗試思考該怎麼辦。要是被稽查員發現小茉懷有身孕，他會被送去市立屠宰場。然而，更糟糕的是，他的兒子會被拿走。

他試著爭取時間，思考該如何應對。他告訴稽查員：

「進來吧，先喝個瑪黛茶，我昏昏沉沉的，等我個幾分鐘，讓我清醒一下。」

「謝謝您的好意，但我得繼續。母人在哪裡？」

「好啦，先進來吧，跟我聊聊彼內達發生了什麼事？」

稽查員猶豫了一會兒。他渾身盜汗，企圖掩飾忐忑的心情。

「好吧，但我不行待很久。」

兩人在廚房坐下。他打開瓦斯爐燒水，一面沖泡瑪黛茶，一面瞎聊，聊天氣、聊這個地區的道路有多破爛，問稽查員是否喜歡他的這份工作。把瑪黛茶端給稽查員時，他說：

「等我幾分鐘洗個臉好嗎？我昨天開了很久的車回來，幾乎沒有什麼睡，剛才被你的喇叭聲吵醒的。」

「可是按喇叭前，我明明拍手拍了一陣子。」

「是喔？不好意思，我睡死了，完全沒聽見。」

稽查員很不自在。他注意到稽查員想離開，但由於他提及彼內達的名字，對方才進來屋內待著。

他來到房間，看見小茉在床上，一動也不動。他把門關上，來到浴室洗臉。該怎麼辦？該說些什麼？

他回到廚房，拿了一些小餅乾請稽查員吃。稽查員狐疑地接過餅乾。

「大胖彼內達被炒魷魚啦？」

稽查員沒有馬上回答。他頓時緊張了起來。

「您怎麼認識他的？」

「年輕時我倆一起共事過，我們是朋友，以前一起當過稽查員，做跟你現在一樣的工作，那時候幾乎沒有任何最終確定版本的法規，都是我們慢慢修改出來的。」

稽查員好似稍微放鬆了些，看著他的眼神都不同了，流露出一絲欽佩。稽查員抓起另外一塊小餅乾，擠出一個好似微笑的表情。

「我才剛開始幹這行，進到家畜管理署才不到兩個月。對了，彼內達升官了，我沒有在他底下做事過，但聽說他是一位很棒的組長。」

他鬆了一口氣，但沒有表現出來。

「嗯，大胖人超好的。稍等我一下。」

他來到房間，尋找手機，撥了大胖的電話，回到廚房。

「大胖，你好嗎？嘿，我這裡有個你們家的稽查員，他要我給他檢查母人，可是我好一陣子沒睡覺了，母人就關在畜棚內，我還得去開門，麻煩死了。你之前不是說我簽個名就好了嗎？」

他把手機傳給稽查員。

「是的，先生，當然，我們沒有被告知。好，我馬上處理，別擔心。」

稽查員將瑪黛茶放到一旁，在活頁夾內翻找，接著遞給他一張表格和一支原子筆，並對他露出一個虛僞且緊繃的微笑。那個笑容底下隱藏了許多問題，以及威脅：這傢伙在對母人做些什麼？在跟牠交歡嗎？在利用牠做什麼違法的事嗎？等大胖彼內達不在署裡了，就有你好看的了。走著瞧吧，有特權很了不起是不是？我會讓你付出代價。

他看得一清二楚，看見稽查員的疑問和臺面下的威脅，但他不在意，知道自己能夠僞造一份自宅屠宰證明書，在肉品加工廠搞得到所有需要的資料，大胖彼內達已經靠不住了，這次稽查後，他就不能再靠他罩了。他希望稽查員趕快離開，想要回去睡覺，但他知道這根本不可能。他把表格還給稽查員，並問他：

「再來一杯馬黛茶吧？」

稽查員緩緩站起身，將表格收好，對他說：

「不用了，謝謝，我得繼續工作。」

他送稽查員到門口，伸手和他握手，但稽查員沒有握緊他的手，而是將手軟弱無力地湊上去，讓他出力道別，讓他出力握住這隻有如沒有形狀的肉團和死魚般的手。轉身離去前，稽查員看著他的眼睛，對他說：

「如果所有人都可以簽名了事，那這份工作還眞輕鬆，對吧？」

他沒有回話。他覺得稽查員這番話十分無禮，但他明白他的意思，明白他的無力感。這位年輕的稽查員需要逮到某個違法亂紀的行爲，這一天才不算白過。這位稽查員知道這一切事有蹊蹺，但被迫放棄繼續檢查到底。這位稽查員看得出來並不貪腐，想必從不曾接受過賄賂，是個老實人，因爲有些事情他還不懂。這位稽查員讓他想起年輕時的自己——在肉品加工廠上班前、心生疑慮前、孩子出世前、每日一連串的死亡前——讓他回想起那個認爲遵守法規最爲重要的自己。曾幾何時，在他心中某個無法觸及的深處，他爲世界進入過渡期而感到高興，很高興獲得這份新工作，很高興成爲歷史轉變的一部分，很高興自己正在構思等他從這個世界消失許久後人們依舊得遵守的規章，因爲法規就是，他心想，「我的遺產，我的痕跡」。

他從未想到自己會無視自己擬定出來的法律。

8

確定稽查員已離開、車子已開過柵門後，他回到房間，將小茉鬆綁，然後擁抱牠，大力地擁抱牠，撫摸牠的肚子。

他稍微哭泣了一會兒，小茉看著他，不明白發生了什麼事，但緩慢地摸著他的臉，彷彿在愛撫他一樣。

9

這天他休假。

他做了幾個三明治，拿了一瓶啤酒，倒了一點水給小茉，尋找舊收音機，科科和普格列斯還活著時他用來聽廣播的那部收音機，然後帶著小茉來到埋了狗狗的大樹下。他倆待在樹蔭下，聽著只有樂器演奏、沒有歌唱的爵士樂。

收音機播放邁爾士·戴維斯、約翰·柯川、查利·帕克和迪吉·葛拉斯彼的作品。沒有歌詞，只有音樂，天空無比蔚藍，閃閃發亮，樹葉微微搖曳，小茉靜靜地靠在他的胸膛上。

換到一首塞隆尼斯·孟克的歌曲時，他站起身，慢慢地將小茉扶起來，小心翼翼地抱住牠，接著開始移動，左右搖擺。起初小茉摸不著頭緒，好似很不自在，但之後也隨著音樂擺動，面露微笑。他親吻小茉的額頭，吻在烙印的位置上。雖然播

10

他被奈莉妲的來電吵醒。

「喂？馬可仕，親愛的，你好嗎？你爸爸有點代償失調，沒什麼嚴重的，但我們需要你過來一趟，可以的話今天就來。」

「今天沒辦法，明天看看吧。」

「你沒聽懂我說的話，我們需要你今天過來。」

他沒有答話。他知道奈莉妲打電話來意味著什麼，但他不想說出口，不想用話語描述。

「我現在就出發，奈莉妲。」

他讓小茉留在房間內。他知道這一趟會花不少時間，爲小茉準備了一整天的食物和飲水，然後打電話給瑪麗，通知她今天不會去肉品加工廠。

他全速行駛，不是因為他認為開快車事情就會有所改變，或是可以見到父親活得好好的，而是因為速度幫助放空。他點燃一根香菸，開著車。他開始咳嗽，猛咳不止，於是將香菸扔出窗外，但依舊咳個不停，感覺胸膛內有個什麼，像是卡了顆石頭。他用力捶了胸口幾下，繼續咳嗽。

他在路邊停下車，將頭靠在方向盤上，不發一語，試著呼吸。他剛好停在動物園的入口，看了一眼招牌。招牌斷裂掉色，動物插畫圍繞著幾乎已經看不見的「動物園」三個字。他下車，走向入口。

動物園的招牌架設在大小不一的石塊築成的平拱上。他沿著高度不是太高的石塊往上爬，站在招牌後方，開始對招牌又踹又揍，搖晃招牌，最後把招牌推倒。招牌砸在草地上，砰的一聲，發出轟然巨響。

現在這裡是一個沒有名字的地方。

他抵達安養院時，奈莉妲在門口迎接他，擁抱了他一下。你好，親愛的，你已經猜到發生什麼事了，對吧？我不想在電話中告訴你，但我們需要你今天過來，辦理手續。我好難過，親愛的，好難過、好難過、好難過。

他只對奈莉妲說：「我現在就要見他。」

「好，親愛的，跟我來，我帶你去他的房間。」

奈莉姐帶他來到父親的房間。房間內自然光充足，一切都整理得井然有序。床頭櫃上有一張母親抱著還是小嬰兒的他的相片，還有幾個藥罐子和一盞檯燈。

他在床邊的一張椅子坐下。父親躺在床上，雙手在胸前交叉，頭髮梳得很整齊，身上噴了香水，已經死亡了。

「他是什麼時候走的？」

「今天一大清早，在睡夢中走的。」

奈莉姐關上房門，留他獨處。

他撫摸父親的雙手，但手冷冰冰的，他忍不住抽回自己的手。他什麼感覺都沒有，想要哭泣，想要擁抱父親，但眼中的這具屍體宛如一個陌生人。他想現在父親不必再爲痴呆症所苦了，不必再爲這個殘忍的世界所苦了。一股類似解脫的感覺自他心中油然而生，但其實那是卡在他胸膛內的那顆石頭，越長越大。

他從面對花園的窗子探頭出去，看見一隻蜂鳥，恰好在他眼睛的高度飛行。有那麼好幾秒鐘的時間，蜂鳥好似注視著他。他好想摸摸蜂鳥，但蜂鳥移動速度飛快，消失無蹤。他想這玩意兒如此美麗，如此嬌小，不可能對他造成傷害。他想也

11

他離開房間。奈莉妲請他跟她走一趟，簽署文件。兩人進入奈莉妲的辦公室，奈莉妲問他要不要喝咖啡。他婉拒了。奈莉妲很緊張，用文件搧風，喝了點水。他心想這個流程對奈莉妲來說本應是例行公事，她不該像現在這樣拖拖拉拉的。

「奈莉妲，妳怎麼了？」

奈莉妲不安地看著他。他從來沒如此直接、如此具侵略性。

「沒、沒事，親愛的，只是我也必須打電話通知你妹妹。」

奈莉妲看著他，眼神流露出些微內疚，但也很堅決。

「親愛的，這是安養院的規定，沒有例外。你也知道我喜歡你，但不這麼做我會害自己丟了飯碗。看看你妹妹來了以後會不會大鬧一番，之前就發生過。」

「沒事。」

換作別的時候，他會說出「別擔心」或是「沒關係」之類的話來安慰奈莉妲，但這天沒有開口。

「你必須簽署火化同意書。你妹妹已經將她的虛擬簽名傳給我了，但她也跟我說得很清楚，說她無法出席火化儀式。你願意的話，我們這邊可以負責聯絡火葬場。」

「嗯，我覺得這麼做很好。」

「當然，你必須出席火化儀式，確證你父親被火化。火葬場會給你骨灰罈。」

「好的。」

「你想辦一場模擬葬禮嗎？」

「不想。」

「我想也是，幾乎沒有人這麼做了。但告別式總要辦吧？」

「不必。」

奈莉妲詫異地看著他，接著又喝了幾口水，雙臂交叉抱胸。

「你妹妹想要辦告別式，而且依法她有權利。我曉得你會想要拒絕，但她是下定決心要跟你父親道別。」

他深呼吸一口，感覺快累死了。石子現在占據他整個胸膛。他不會跟任何人爭論這件事，跟奈莉妲不會、跟他妹妹不會，跟所有將出席這場被稱為「告別式」的模擬守靈儀式的人也不會，給妹妹一個面子，妹妹根本不曉得父親是什麼樣的人，從來都沒關心過父親的狀況。他笑了笑，回答：

「好，她要辦就辦吧，叫她至少負責處理個什麼，就這麼一件事。」

奈莉妲看著他，眼神吃驚且有些難過。

「我明白你為什麼那麼生氣，你說得對，可是，再怎麼說，他是你妹妹。家只有一個。」

他試著思考奈莉妲什麼時候從安養院職員改扮演起這種角色，自以為有權利給他忠告，自以為有權利出意見，自以為有權利一而再、再而三地搬出俗語和令人惱火的陳腔濫調。

「給我文件，奈莉妲，麻煩妳。」

奈莉妲退縮了，不知所措地看著他。從前他對奈莉妲一向十分客氣，甚至可以說是親暱。奈莉妲不發一語，把文件遞給他。他簽名，接著對她說：

「我希望今天就辦理火化，現在。」

「好，親愛的，過渡期開始後什麼手續都加快了，你在會客室等我一下，我來處理。會改用一般的汽車送他過去，你知道嗎？已經沒有人在用靈車了。」

「嗯，這大家都知道。」

「不，應該說，我之所以跟你解釋，是因為有很多人很迷糊，我的意思是他們以為事情從來沒變過。」

「都發生搶屍攻擊事件了，事情怎麼會沒有改變？每一家報紙都報導了。沒有人希望過世的親屬在送往火葬場的路上被其他人吃掉，奈莉姐。」

「抱歉，我很緊張，腦袋不清楚。我很愛你爸爸，這一切對我來說很難承受。」

兩人陷入冗長的沉默。他也不想怪罪奈莉姐，不耐煩地看著她。奈莉姐驚慌失措。

「我知道不關我的事，馬可仕，但，你好嗎？我也知道這個消息很令人難過，但我注意到你怪怪的，已經好一陣子了，你的黑眼圈都冒出來了，滿臉倦容。」

他看著奈莉姐，沒有答話。奈莉姐繼續說：

「好吧，之後你跟車子一起過去，你全程都會陪在你爸爸身邊，甚至連火化的時候也是。」

「我知道，奈莉姐，我有經驗。」

奈莉姐臉色發白。當然，她沒想到這一點，這會兒注意到了，快速站起身，對他說「不好意思，我眞是個白痴的老太婆，原諒我」。前往會客室的路上奈莉姐不斷道歉。他在會客室坐下，奈莉姐問他要不要喝些什麼，接著不發一語地離開。

12

他開車載著父親的骨灰回家。骨灰罈就放在副駕駛座上，因爲他不曉得擺哪裡才好。火化過程很快。他看著父親的遺體裝在透明的棺材內，緩緩送進焚屍爐。他什麼感覺都沒有。也許有一絲解脫的感覺吧。

妹妹打了四次電話到他的手機。他沒有接聽。他知道妹妹會跑去他家拿骨灰罈，他知道只要是能夠辦父親的告別式，貫徹社會慣例，妹妹什麼事都幹得出來。最後他還是得應付妹妹。

他經過曾是動物園、現在沒有名稱的那個地方。時間很晚了，但他依舊停下車。天色仍微亮。

他下車，雙手捧起骨灰罈，看了地上的招牌一眼，走進動物園。

他徑直走到鳥園，甚至完全沒想到要繞過獅子區。他聽見呼喊聲，但距離很遠。大概是那群少年吧，他心想，大概是打死小狗的那幫少年。

他來到鳥園，爬上通往浮橋的樓梯，躺下觀看玻璃屋頂、橘橘紫紫的天空、低垂的夜幕。

他回憶起有一次父親帶他來鳥園。兩人坐在樓下的板凳上，靠得非常近，父親跟他介紹各種品種的鳥類、鳥類的習性、母鳥和公鳥的顏色、哪些鳥兒夜間鳴叫、哪些鳥兒日間鳴叫、哪些鳥兒會遷徙，一聊就是好幾個小時。父親的嗓音像是一團閃閃發亮的彩色棉花，軟綿綿的、巨大、美麗得無與倫比。他從沒聽過父親這樣說話，自從母親過世後就沒有。兩人攀上浮橋後，父親帶他看長著翅膀的男人被鳥兒圍繞的彩繪玻璃，然後微微笑，告訴他：「大家都說他墜落了，因爲他飛到距離太陽太近的位置。但他曾經飛翔過，兒子，你懂嗎？他可以飛，若可以當個至少幾秒鐘的鳥，墜落不墜落才不重要。」

他吹了一會兒口哨，吹一首父親從前常哼的歌曲：蓋希文的〈夏日時光〉。父親總是放艾拉．費茲潔拉和路易．阿姆斯壯合作的版本，老是說：「這個版本最棒了，聽得都要感動到流淚了。」有一天他看見父親和母親在昏暗中，隨著路易．阿姆斯壯的小號旋律起舞。他靜靜地看著他們好一陣子。父親輕撫母親的臉頰，當時年紀還非常小的他感覺那就是愛。他無法用言語描述，那個當下無法，但他的體內知道那就是愛，就像是認出某種眞實存在的東西。

嘗試教他吹口哨的人是母親，但他就是吹不出來。有一天父親帶他出去散步，指導了他一番，告訴他下次母親試著教他時，他必須演戲，假裝費盡了九牛二虎之力才吹出口哨。當著母親的面吹出口哨時，母親一面鼓掌，一面高興得蹦蹦跳跳。他記得打從那天起他們一家三口一起吹口哨，像是一組三重奏，吹得七零八落，但很開心。妹妹當年還是小嬰兒，眼珠子閃閃發亮地看著他們三人，面露微笑。

他爬起身，打開骨灰罈的蓋子，從浮橋上把骨灰往下倒，看著骨灰緩緩飄落，接著說：「掰，老爸，我會想念你的。」

他走下浮橋，離開鳥園，走向兒童遊樂設施，接著彎下身子收集沙子。沙子夾雜了許多垃圾，但他不費吹灰之力便把垃圾挑出。

他在其中一張吊床坐下，點了一根香菸。抽完菸時，他在骨灰罈內捻熄菸屁股，蓋上蓋子。

這就是他妹妹會收到的東西：一個裝著沒有名字的廢棄動物園的骯髒沙子的骨灰罈。

13

他把骨灰罈放在後車廂，開車回家。妹妹打了好幾通電話給他。他回電，不耐煩地看著手機，將通話轉到擴音：

「喂？小馬可仕，爲什麼我看不見你？」

「我在開車。」

「啊，對。老爸的事你還好嗎？」

「很好。」

「我打電話找你，是要告訴你我正在安排在家裡辦告別式，我覺得這是最實際的做法。」

他沒回話。胸膛中的石子晃了晃，變大了。

「我想請你今天或明天帶骨灰罈過來給我。我也可以去你家拿，但路程很遠，不是理想的做法，你懂吧？」

「不要。」

「什麼不要？」

「不要，今天不要，明天也不要，再看看，我說了算。」

「可是，小馬可……」

「沒有什麼可是不可是的，等我有心情，我再帶去給妳，看我哪時候方便，妳就哪時候辦告別式。聽清楚了嗎？」

「嗯，好，我知道你心情很糟，可是你也不必用這種口氣跟我……」

他掛斷電話。

14

回到家時已經很晚了，他疲倦不堪。他一整天都在手機上監控小茉，知道牠正在睡覺。

他沒有打開小茉房間的門。

他來到廚房，拿了一瓶威士忌，躺在吊床上，喝酒。夜空中沒有星星，夜晚漆黑無光，也沒有螢火蟲，彷彿全世界都熄滅了，陷入寂靜。

他被打在臉上的陽光照醒，看著扔在一旁的空酒瓶，搞不清楚自己在哪裡，等到移動時吊床微微搖晃，他才想起來。

他跌跌撞撞地爬下吊床，在草地上坐下，讓早晨的陽光灑落在他身上。他雙手抓頭。頭痛欲裂。他在草地上躺下，仰望天空。湛藍的天空白熾耀眼，萬里無雲，他想，若自己伸長手臂，觸摸得到這片近在眼前的藍。

他知道自己做了夢，清楚記得夢境的內容，但他不願回想，只想迷失在這片蔚藍之中。

他放下手臂，闔上雙眼，讓夢境的畫面和感覺如電影般投射在他的大腦之中。

他在鳥園內。他知道時間點是過渡期之前，鳥園內還沒有任何東西損壞。他站在沒有玻璃保護的浮橋上，望著天花板，看著彩繪玻璃中正在飛翔的男子。男子看著他。他並不驚訝彩繪玻璃的圖案有生命，但不再注視著它，因為他感覺有千百萬隻鳥正拍打著翅膀，發出震耳欲聾的聲音。但沒有鳥。鳥園空空如也。他再次看了男子、看了伊卡洛斯一眼，伊卡洛斯卻已不在彩繪玻璃中了。墜落了，他心想，摔到地上了，但他曾飛翔過。他的視線往下移，看見浮橋左右兩側的半空中全是蜂鳥、烏鴉、知更鳥、紅額金翅雀、黑鸝、夜鶯和蝙蝠。也有蝴蝶，但全都靜止不動，彷彿和烏爾雷特的話語一樣，化作了玻璃，彷彿全包在一種透明的琥珀之中。他感覺空氣變得比較輕盈，但鳥兒並沒有動作。所有的鳥兒展開羽翼，看著他，距離他非常近，但在他眼中看起來很遠，占據整個空間，占據所有他呼吸的空氣。他靠向一隻蜂鳥，摸了蜂鳥一下。蜂鳥墜落到地板上，像是玻璃般地摔成碎片。他靠向一隻蝴蝶，蝴蝶的淡藍色翅膀幾近螢光色，抖動、振動，但蝴蝶依舊靜止不動。

他用雙手捧住蝴蝶，小心不弄傷牠。蝴蝶剎那間化作粉末。他靠向一隻夜鶯，正要摸摸牠，但沒有動手，手指湊到離夜鶯非常近的位置，因爲他覺得夜鶯無比美麗，不想毀了牠。夜鶯動了動，稍微拍動翅膀，張開鳥喙，沒發出悅耳的鳴叫聲，而是尖聲叫了起來，叫聲聽起來刺耳，且絕望。那是滿載怨恨的號叫聲。他離開、狂奔、逃跑。他走出鳥園，動物園伸手不見五指，但他依稀看得見幾個男人的身影，發覺那些男人都是他自己，重複循環，永無止境。每個男人都張大嘴巴，一絲不掛。他知道男人們正在說些什麼，但現場一片死寂。他靠向其中一名男子，搖晃他的身體，他需要男子說話、做些動作。男人——他自己——以令人惱火的龜速移動，同時，他把其餘的男人一一殺死。他沒有用槌子重擊他們，沒有掐死他們，沒有拿刀捅死他們。他只對著他們說話，而男人們——他自己——一個接著一個地倒下。之後那名男人——他自己——朝他靠了過來，擁抱他，擁抱的力道之強勁，害他無法呼吸，奮力掙扎，最終成功掙脫開來。男人——他自己——試圖靠向他，在他耳邊說些什麼，但他狂奔離開，因爲他不想死。他跑著跑著，感覺胸膛中的石子搖搖晃晃，撞擊他的心臟。他從動物園來到一座森林，樹上掛著眼球、手掌、人類的耳朵和嬰兒。他爬到其中一棵樹上，摘下其中一個嬰兒。把嬰兒拿下來抱在懷中

15

他必須出門，留了食物和飲水給小茉。才一打開門，小茉就緊緊抱住他。他已經好久沒放小茉獨自在家這麼長的時間了。他匆匆吻了小茉一下，小心翼翼地扶牠到床墊上坐下，然後將門鎖上。

他上車。他必須去一趟瓦爾卡實驗室。他撥打克里格的手機號碼。

「喂？馬可仕，瑪麗已經告訴我了，節哀順變。」

「謝謝你。」

「你不必去實驗室，我可以通知他們一聲，說你之後再去。」

「我會過去，但這是最後一次。」

克里格陷入沉重的沉默，不習慣他用這種口氣跟他說話。

「沒得商量，我需要你去。」

「我今天會去，之後我會培訓另外一個人，換他去。」

「你沒聽懂我的意思，實驗室是掏出最多錢的客戶之一，我必須派最一流的人去。」

「我聽得一清二楚，我之後不會再去了。」

有那麼幾秒鐘，克里格說不出話來。

「好吧，我知道你很難受，也許現在並不是最適合談這件事的時機。」

「現在就是最適合討論這件事的時機，我只去這最後一次，否則明天我就遞交辭呈。」

「什麼?!不，免談。馬可仕，你就培訓另一個人吧，等你想開始再開始，不談這件事了。看你需要休息多久就休息多久，咱們改天再談。」

他沒有道別，直接掛斷電話。他討厭瓦爾卡博士，討厭她那令人毛骨悚然的實驗室。

要進入實驗室，他必須出示證件、做視網膜掃描、在許多文件上簽名、讓人在一間特別的房間內對他進行搜身，檢查他是否藏有相機或任何可能會危及實驗機密的物品。

一名保全帶他來到瓦爾卡博士所在的樓層。瓦爾卡博士正在等待他。瓦爾卡博士理當不該經手這份業務，不該和肉品加工廠的職員開會，請他們挑選最上等的樣本。然而，瓦爾卡博士有強迫症，非常在意細節，總是告訴他「樣本就是一切，我若想要獲得成功，就必須以嚴謹周密的態度做事」。瓦爾卡博士要求他送來第一純潔世代的樣本，偏偏第一純潔世代的牲口最難取得。而經過基因改造的樣本，她完全不納入考慮，一律捨棄。更有甚者，瓦爾卡博士還對他提出更荒唐的要求，比方要求確切的四肢長度、雙眼的間距寬或窄，凹陷的額頭，很大的眶窩，傷口結痂得快或慢，耳朵大或小。每次他拜訪瓦爾卡博士，這份清單都會改變，添加不尋常的訂購項目。若有樣本不符合瓦爾卡博士的要求，會被她退還，她會以害她浪費時間和金錢爲由，要求所有的樣本都要折扣。當然，他已經不會犯錯了。

兩人打招呼的方式總是冰冷的。他伸出手和瓦爾卡博士握手，但瓦爾卡博士每次總是看著他，彷彿不明白握手是什麼意思，然後用頭做了個某種類似打招呼的動作。

「瓦爾卡博士，您好嗎？」

「我剛獲頒最具威望的研究暨創新大獎之一。因此，我很好。」

他看著瓦爾卡博士，沒有回答她，心裡只想著這是自己最後一次跟她見面，最後一次聽她說話，最後一次走進這個場所。瓦爾卡博士等著他祝賀幾句，眼見他沒有恭喜她的意思，問他：

「什麼？」

「我什麼都沒說。」

瓦爾卡博士不知所措地看著他。換作是別的時候，他早就恭喜她得獎了。

「我們在瓦爾卡實驗室內做的工作極其重要，因爲拿這些樣本做過實驗後，我們得出不一樣的結果，得到從前拿動物做實驗時，怎麼也得不到的重大進展。我們在使用樣本上提供一種不同且先進的概念，嚴格落實我們的工作方針。」

瓦爾卡博士一如既往，繼續滔滔不絕地說個不停，說著被行銷團隊格式化過的、一成不變的內容，話語有如一座不停噴發的火山所噴洩出的岩漿，不過，是一種冰冷黏稠的岩漿。瓦爾卡博士的話語黏在他身上，令他覺得很反感。

「什麼？」瓦爾卡博士問他。她正在這段獨白的某個段落等待回應。他不會回應瓦爾卡，因爲他早就沒在聽她長篇大論了。

「我什麼都沒說。」

瓦爾卡博士詫異地看著他。他從前一向禮貌周全，總是專心聽她說話，發言時總是說出正確且必要的話，讓瓦爾卡博士感覺他對這一切感興趣。瓦爾卡博士從來不會問他過得好不好，不會問他是否發生了什麼事，因爲他只是瓦爾卡博士的投射對象，只是一面讓她繼續大談成就的鏡子。

瓦爾卡博士起身，準備和往常以樣，帶他在實驗室逛一圈。頭幾次參觀實驗室時，他感覺胃痙攣、腹痛、惡夢連連。這趟參觀行程一點用處都沒有，因爲他只需要訂購清單，只需要瓦爾卡博士向他解釋最難達成的個案。然而，瓦爾卡博士有興趣讓他具體瞭解每一個實驗項目，以便他幫她取得最適合的樣本。

瓦爾卡博士一把抓起枴杖，站起身。幾年前，一個樣本害她出了一場意外。據稱，有名助手一時疏忽，沒把籠子確實關好，那天瓦爾卡博士工作到三更半夜，檢查巡視時，遭該樣本攻擊，一條腿被吃掉了一部分。他認爲那名助手才不是疏忽，而是存心報復，因爲瓦爾卡博士是出了名的嚴格，對工作人員很壞，說話尖酸刻薄，但她的實驗室規模最大、最有名氣，大家有怨言也只能往肚子裡吞，直到忍無可忍爲止。他曉得起初工作人員私底下偷偷叫她「女版門格勒博士」[24]，但拿人類做實驗這件事被社會接受，她反而開始贏得各大獎項。

瓦爾卡博士走起路來左搖右晃，滔滔不絕地說著話，好似需要倚靠在這些從她口中不間斷地流洩出的話語上。瓦爾卡博士總是對他老調重彈：都什麼年代了，當一名職場女性有多困難，人們依舊對她有成見，她最近才成功讓實驗室的職員對她打招呼，而不是問候她的助手，助手是男性，人們以爲助手才是實驗室主任，而她選擇不組建家庭，人們透過社交手段讓她付出代價，因爲人們依舊認爲女人必須貫徹某種生理計畫，女人一生的大成就就是繼續活下去，絕不失職，當男人容易多了，這裡、這間實驗室就是她的家，但就是沒有人明白，沒有人眞的明白，她正在掀起一場醫學革命，人們卻依舊注意她穿的鞋子是不是女鞋，依舊注意她的白髮是不是冒出來了，因爲她沒空上髮廊補染，或注意她的身材是否變胖。

他認同瓦爾卡博士所說的一切，但無法忍受她的用字遣詞。瓦爾卡博士的話語像是小小的蝌蚪，拖著身子爬行，留下一道黏呼呼的尾跡。爬行到最後，一隻隻層層相疊，腐爛，發出腐敗的臭氣，害空氣變得污濁不清。他沒有回答瓦爾卡博士，因爲他也知道她手下的女性工作人員屈指可數，要是某個女性工作人員懷孕了，瓦爾卡博士會嫌棄她，把她當作空氣。

瓦爾卡博士帶他參觀一座籠子，告訴他籠內的樣本對海洛因成癮，他們讓牠吸食了好幾年的海洛因，研究毒癮造成的後果。「等到銷毀牠的時候，我們會研究牠的大腦。」銷毀，他心想，又一個將恐懼消音的字眼。

瓦爾卡博士繼續說個不停，但他已沒在聽她說話。他看見幾個樣本沒有眼珠子；看見另外幾個樣本身上接了管子，二十四小時全天呼吸尼古丁；看見另外幾個樣本的頭上被安裝幾個儀器，緊緊貼在頭顱上；看見另外幾個樣本好似飢腸轆轆，看見另外幾個樣本全身伸出了許多條電線；看見幾名助手正在進行活體解剖；看見另外幾名助手正在剝除沒施打麻醉的樣本的手臂皮膚；看見許多樣本關在籠子內，而他曉得籠子的地板全通了電。他感覺肉品加工廠還比這個地方好，至少要死，也是一眨眼的事。

兩人經過一間實驗室，看見有一個樣本躺在手術臺上，胸膛被剖開，心臟噗通噗通地跳動。樣本四周站了許多人，正在研究牠。瓦爾卡博士透過窗子看著這一幕，告訴他可以在樣本活著且有意識的狀態下，紀錄器官的運作方式，實在是太奇

24 影射約瑟夫・門格勒（Josef Mengele, 1911~1979），奧斯威辛集中營的醫生，負責裁決將囚犯送到毒氣室殺死，或者成為強制勞動勞工，並且對集中營裡的人進行殘酷的人體實驗。

妙了。瓦爾卡博士說研究人員對樣本施打了微量的鎮靜劑，樣本不會因劇痛而昏厥過去，接著激動地補充說，這顆心臟跳動的畫面眞美！眞奇妙，對吧？

他沒有回答。

瓦爾卡博士問他：

「什麼？」

「我什麼都沒說。」但現在他注視著瓦爾卡博士的雙眼，回答她，語氣有些厭倦且不耐煩。

瓦爾卡博士不發一語，上下打量他，彷彿正在掃描他，視線試圖投射出權威感，但他沒當作一回事。瓦爾卡博士好似不曉得該拿他的無動於衷怎麼辦，帶他來到一間新的實驗室，一間他從沒進去過的實驗室。實驗室內，許多母人連同嬰孩一起被關在籠子內。兩人駐足於一座籠子前，籠內的母人好似死了，一隻兩、三歲的幼兒哭個不停。瓦爾卡博士向他解釋，研究人員對嬰孩的母親施打了鎮定劑，研究幼兒的反應。

「這麼做有何意義？牠會有什麼反應，用膝蓋想也知道吧？」他問瓦爾卡博士。

「這是什麼？我現在怎麼可以簽這個？之前怎麼沒拿給我簽？」

「我先前拿去給您了，但您跟我說之後再簽。」

「你不能這樣頂撞我。如果我跟你說之後，意思就是現在，更何況這是重要的東西。我付你薪水是來讓你動腦的。滾吧。」

他沒有看著瓦爾卡博士，但瓦爾卡博士對他說：

「這些人眞是廢到難以言喻。」

他沒有答話，因爲他認爲跟這個女人共事想必十分令人抓狂。他好想告訴瓦爾卡博士「之後」就是「之後」，說員工的壞話只會顯得她是個背信棄義的老闆。他更加仔細地琢磨了一下，對瓦爾卡博士說：

「廢？聘用他們的人不就是您嗎？」

瓦爾卡博士怒氣沖沖地瞪著他。

他感覺那冰冷黏稠的火山熔岩隨時都有可能噴發。但瓦爾卡博士深呼吸一口，回答他：

「麻煩你離開，訂購清單我會直接寄給克里格。」

最後這句話瓦爾卡博士說得像是威脅，但他沒放在心上。他有好多話想要回嘴，但面露微笑和她道別，雙手插在口袋內，轉身離開，吹著口哨走過走廊，聽著枴杖憤怒的跺地聲漸漸遠離。

16

他正要上車時，前妻打了電話來。

「喂？馬可仕。你的畫面看起來很模糊。你聽得見我說話嗎？你看得見我嗎？」

「喂？塞希莉雅。嗯，嗨，我聽得見妳說話，但聽不清楚。」

「馬可仕。」

通話中斷。他開了一會兒的車，接著停車，回電給塞希莉雅。

「喂？塞希莉雅，我剛才在的地方收訊很差。」

「我聽說你爸的事了，小奈打過電話給我。你好嗎？你想見個面嗎？」

「我很好，謝謝妳的關心，但我比較想要獨處。」

「我懂，你要爲他辦告別式嗎？」

「瑪里莎要爲他辦。」

「嗯，不出所料。你想要我出席嗎？」

「不了，謝謝。我甚至不曉得自己會不會去。」

「我想你，你知道嗎？」

他不發一語。這是塞希莉雅回娘家後，第一次說想念他。塞希莉雅繼續說：

「我覺得你看起來不一樣，怪怪的。」

「我還是一樣的我。」

「打從前陣子我就注意到你變得比較冷淡。」

「妳不想要回家，打算讓我等你一輩子不成？」

「不是這樣的，好吧，我是希望我們可以談談。」

「等我心情比較平靜我再打給妳，好嗎？」

塞希莉雅露出每次搞不清楚狀況，或是事情令她承受不了時就會露出的那種眼神。那目光警惕，但哀傷，好似棕褐色復古相片中會看到的那種眼神。

「好吧，你說了算。需要什麼，就通知我一聲，馬可仕。」

「好吧，保重。」

他回到家，擁抱小茉，在小茉的耳邊用口哨吹〈夏日時光〉。

17

妹妹打了無數通電話找他，要安排父親的告別式，話說得很清楚，說她會負責打理一切，「費用我也會一併處理」。聽見妹妹這麼說時，他先是微微笑，接著一股巨大的慾望油然而生，希望永遠不要再見到她。

他起了個大早，因爲他必須在宵禁解除時段抵達市區。他和小茉一起泡澡，確保牠不會撞到，並整理打掃房間，留下食物和飲水給牠，讓牠接下來的幾個小時都可以安心。他檢查小茉的脈搏和血壓。打從發現小茉懷孕後，他準備了一個用品齊全的醫藥箱，買了好幾本孕婦相關的書，從肉品加工廠帶了一個專爲送去獵場的懷孕母人做檢查的攜帶型超音波掃描儀回家。他學會照顧小茉，並追蹤牠的狀態。他知道讓小茉在家裡待產並不理想，但他別無選擇，因爲要是打電話請求專業人士協助，他得表明小茉懷有身孕，還得出示人工授精的相關證明文件。

他穿上一套西裝，出門。

開車時，妹妹又打了電話來。

「小馬可仕，你在過來的路上嗎？爲什麼我看不見你？」

「我在開車。」

「啊，好吧，你什麼時候到？」

「不知道。」

「大家已經開始陸續抵達了。我想要骨灰罈，懂嗎？因爲少了骨灰罈，告別式一點意義都沒有。」

他沒有回答妹妹就掛斷電話。妹妹又回撥，但他直接將手機關機。他開始減速，他要慢慢開。

他抵達妹妹家，看見一群人撐著傘走進屋內。他下車，從後車廂拿出鍍銀的骨灰罈，將骨灰罈夾在手臂下。他按了門鈴，妹妹出來應門。

「終於。你的手機怎麼了嗎？我沒辦法回撥給你。」

「我關機了，骨灰罈在這，拿去吧。」

「進來吧，快，你又沒有撐傘了，你找死不成？」

妹妹邊說，邊看著天空，接著拿起骨灰罈。

「可憐的老爸，一生犧牲奉獻。最後，我們什麼都不是。」

他看了妹妹一眼，發現有些不對勁，再更加仔細地看著她，發覺妹妹化了妝，還去了髮廊做頭髮，穿著一件貼身的黑色洋裝，裝扮並不是非常高調，沒那麼對往生者不敬，但倒也夠盛裝打扮了。告別式無疑是她的場子，她要獨領風騷。

「進來吧，想喝什麼就自己來。」

他進到客廳。出席告別式的賓客全聚在客廳的一張餐桌旁。靠在牆邊的餐桌上，擺了許多道菜供人們取用。他看見妹妹將骨灰罈擺在一張比較小的桌子上。小桌上有一個好似雕花玻璃材質的透明盒子。妹妹小心翼翼地把骨灰罈置入那個盒子中，動作有些裝腔作勢，刻意讓人們看見她對父親的敬愛。一旁有一副電子相框，父親的相片一張換過一張，還有一個插滿鮮花的花瓶和一個籃子，籃子內滿是印有父親相片和生卒日期的紀念小物。父親的相片被修過圖。他不記得父親曾與妹妹及家人合照過，也不記得父親曾擁抱過他的外孫，因爲外孫們從未去安養院探望過他。其中一張照片是妹妹和父親在動物園的合照。他記得那天，妹妹只是個小嬰兒。妹妹把相片中的他塗掉了，然後把自己加了進去。人們靠到妹妹身邊，安慰她。妹妹掏出一條手帕，擦拭根本沒有淚水的雙眼。

他一個人也不認識，肚子也不餓。他在一張扶手椅坐下，開始觀望人群，看見外甥和外甥女身穿黑衣，站在角落滑手機。外甥和外甥女也看見他了，沒和他打招呼。他也不想起身和他們說話。人們好似感到無聊，吃餐桌上的食物，低聲交談。他聽著一名身穿西裝、外表看起來像是律師或會計師的高個兒對另一人說：「這一季的肉品價格大跌，特級人肉排現在比兩個月前便宜許多。我讀了一篇報導，說肉品價格下跌的原因是印度官方正式加入人肉產業的行列，開始販售並出口肉品。之前禁止賣人肉，現在倒是賣得很便宜。」另外一人頂上光禿無毛，長得一副讓人過目就忘的模樣，笑了笑，接著說：「當然啦，印度人口那麼多，等著看他們慢慢被吃完，價格就會回穩啦。」一名年長的婦人站在他父親的骨灰罈前，看著照片，拿起其中一個紀念品，檢查了一番，聞了聞，然後又把紀念品扔回籃子內。婦人看見一隻蟑螂在牆壁上爬來爬去，距離輪替播放父親假照片的電子相框非常近。婦人被蟑螂嚇了一跳，退到一旁，離開。蟑螂鑽進裝滿紀念小物的籃子裡。

除了他以外，這個地方沒有半個人知道父親很喜歡鳥類，深愛他的妻子，而且妻子過世後，父親心中的某個東西澈底熄滅了。

妹妹踏著快速的小碎步，在屋內走來走去，四處招呼賓客。他聽著妹妹對某人說：「我們用的是千刀萬剮的凌遲技法，嗯，從那本前陣子出版的書看來的，當然啦，那本書是暢銷書，我一竅不通，都是我先生負責處理的。」妹妹又懂什麼中國凌遲了？他站起身，靠近多聽一些，但妹妹走去廚房了。來到放有食物的桌子邊時，他看見一個銀製的盤子上有一條被切成薄片的手臂。手臂肯定是烤的，四周擺有生菜和切成小小蓮花形狀的小蘿蔔。人們試吃後說：「眞美味！好新鮮啊！瑪里莎眞是個好東道主，看得出來她很愛她的父親。」這時，他想起那間冷藏室。

他走向廚房，但在走廊上遇到妹妹。

「小馬可仕，你要去哪啊？」

「廚房。」

「你要去廚房找什麼？要什麼就說一聲，我拿給你。」

他沒回答妹妹，繼續朝著廚房前進。妹妹抓住他一邊手臂，但又馬上放開，因爲某人自客廳叫了她一聲，正走過來和她說話。

他來到廚房，一道腐臭味撲鼻而來，但又隨即消散。他走向冷藏室的門，探頭望去，看見一頭牲口，一條手臂不見了。「給她這個白痴搞到手了。」他心想。在市區內飼養家畜是社會地位的象徵，有助於提升聲望。他更加仔細地看了那頭牲口，發現牲口是第一純潔世代的，因爲他依稀辨識得出幾個縮寫字母。他在一旁的流理臺上看見一本書，可是妹妹明明沒有書。那本書的書名是《家畜凌遲指南》，書上有幾滴紅色或褐色的污漬。他想嘔吐。當然，他心想，妹妹一點一點地肢解這頭牲口，每次有活動都切個部位，而凌遲大概是某種流行的方式，讓這些人有話題可聊。全家大小使用流傳千年的中國凌遲技法，切著關在冷藏室內還活生生的生物。那頭家畜哀傷地看著他。他試著打開冷藏室的門，但門鎖住了。

「你在做什麼？」

妹妹手中捧著一個空托盤，右腳用力跺了一下地板，看著他。他轉身，看著妹妹，感覺他胸膛中的那顆石子炸開了。

「妳眞噁心。」

妹妹看著他，既詫異又憤怒。

「你怎麼可以這樣罵我？而且偏偏要在這天罵我？此外，你最近發生什麼事了？你的臉色差得可以。」

「我發生的事就是妳是個僞善的賤人，還有妳那兩個孩子，兩個王八蛋。」

他也很驚訝自己居然如此口出穢言污辱妹妹。妹妹瞠目結舌，有那麼幾秒鐘的時間說不出話回他。

「我曉得老爸的事害你壓力很大，但你不可以這樣羞辱我，更何況這裡是我家。」

「妳知道妳沒有自己的想法嗎？妳知道妳只會遵守別人訂的規則嗎？妳知道妳做的這一切只是個空洞的行爲嗎？什麼是眞實，妳多少感受得到吧？妳曾經愛過老爸嗎？」

「我覺得該辦一場告別式，不是嗎？最起碼送他一程。」

「妳什麼都不懂。」

他離開廚房。妹妹緊跟在他背後，說他不可以走，走的話大家會怎麼想，現在不可以把骨灰罈帶走，要走最起碼留下骨灰罈，家裡來了很多艾斯特班的同事，老闆也來了，不可以害她這樣丟臉。他停下腳步，抓住妹妹的手臂，在她的耳邊說：「再囉唆我就告訴大家老爸的事妳從來都沒幫忙過，聽清楚沒？」妹妹害怕地看著他，退開幾步。

他打開屋子的門，走了出去。妹妹抱著骨灰罈，狂奔追了上去，剛好在他正要打開車門前趕上他。

「小馬可仕，骨灰罈你拿去吧。」

他不發一語，盯著妹妹幾秒鐘，接著上車，關上車門。妹妹站在原地，不知所措，突然發覺自己沒撐傘就跑到戶外，懼怕地看了天空一眼，舉手遮住頭，拔腿奔回屋子。

他發動汽車，離開，但臨走前他看著妹妹衝回屋內，手上捧著裝滿動物園的骯髒沙子與無名廢棄物的骨灰罈。

18

他回家，加速行駛，打開收音機。

手機響起。瑪麗打來的。他覺得很奇怪，瑪麗明明知道他在參加父親的告別式，怎麼還會打電話來。他之所以知道瑪麗知情，是因爲瑪麗打過電話給他徵求他的同意，把他的聯絡人清單傳給瑪里莎，讓她邀請他的同事出席告別式。當然，他並沒有同意，且告訴瑪麗他不想在告別式上見到任何認識的人。

「喂？瑪麗，怎麼了？」

「我需要你馬上過來肉品加工廠。我知道現在不是時候，抱歉，可是出了一個狀況，我們無法處理。拜託你馬上過來。」

「可是，到底發生了什麼事？」

「我沒辦法解釋，你必須過來看才知道。」

「我在附近，正在回家的路上。我十分鐘就到。」

他加快油門。他從未聽過瑪麗說起話來如此擔憂。

快抵達肉品加工廠時，他遠遠看見好像有一輛貨車停在路中央。來到距離貨車僅有幾公尺處時，他看見柏油路面上血跡斑斑。更靠近一點後，他無法相信眼前所見的景象。

其中一輛畜籠貨車翻車，全毀倒在路邊，車門不是翻車時撞壞了，就是被人打壞了。他看見一群食腐客手持開山刀、棍棒、菜刀和繩索，正在屠殺原本正被運往肉品加工廠的牲口。他看見絕望、飢餓；看見一種怒不可遏的瘋狂、一種深切的怨念；看見凶殺，看見一名食腐客活生生地砍下一頭牲口的手臂；看見另一名食腐客正在狂奔，把一頭逃跑的牲口當作小牛似地，試著用繩索套住牠；看見幾名揹著小嬰兒的女人，正在又砍又剁，切下四肢、手掌和腳掌；看見柏油路面上滿是內臟，看見一名五、六歲大的小娃兒拖著一條手臂。一名拾荒者一臉發狂的模樣、渾身是血，高舉開山刀，對他大吼了些什麼。他見狀急踩油門。

他感覺胸膛內那顆石子的碎片竄過他全身，發燙，熾熱。

他進入肉品加工廠。瑪麗、克里格和好幾名工作人員正看著這場亂象。瑪麗跑向他，抱住他。

「啊，原諒我，馬可仕，非常對不起，但這眞是太瘋狂了。食腐客從來沒鬧過這種事。」

「貨車是自己翻車的，還是被他們翻倒的？」

「我們不曉得。但這還不是最糟的事。」

「所以最糟的事是什麼？瑪麗，還有什麼事比這更糟？」

「貨車駕駛小路易斯被他們攻擊，受了重傷，來不及逃出貨車，被他們殺死了！馬可仕！小路易斯被他們殺死了！」

瑪麗抱住他，哭個不停。

克里格靠了過來，和他握手。

「節哀順變，抱歉這時候打電話找你過來。」

「您們做得很好。」

「小路易斯被這些人渣殺了。」

「我們得報警。」

「我們已經報警了，看他們怎麼制止這些王八黑鬼。」

「他們想要的話，這些肉夠他們吃好幾個星期。」

「我叫小子們開槍，但不要射死他們，嚇唬他們。」

「然後發生什麼事？」

「根本沒用，他們好似恍恍惚惚地，好像都成了狂野的怪物。」

「我們到辦公室談吧，不過我要先泡杯茶給瑪麗。」

三人走進辦公室。他抱住瑪麗。瑪麗哭個不停，說全部的貨車駕駛當中，小路易斯是她最喜歡的人之一，是個可愛的男生，年紀還不到三十歲，盡忠職守，有個可愛的小嬰兒，他的老婆、他的老婆現在該怎麼辦呢？人生好不公平，早該把這些骯髒卑賤的食腐客都殺了，這些王八黑鬼一天到晚在肉品加工廠四處徘徊，跟蟑螂沒兩樣，他們不是人類，是人渣、是野獸，這種死法也太荒唐了，他老婆連自己的老公都無法火化，之前怎麼沒料到會發生這種事，都是他們害的，她不曉得該向什麼神禱告，畢竟是她信的神放任這一切發生的。

他攙扶瑪麗坐下，倒了一杯茶給她。瑪麗好似稍微恢復鎮定，摸著他的手。

「馬可仕，你好嗎？我注意到你的眼神不一樣，你看起來比較累，已經好一陣子了。你最近睡得好嗎？」

「睡得好，瑪麗，謝謝妳的關心。」

「你爸爸是個大好人，爲人正直，光明磊落，我在過渡期之前就認識他了，我跟你說過嗎？」

其實瑪麗跟他說過很多遍了，但他跟瑪麗說沒有，並且一樣露出驚訝的表情。

「對啊，那時候我還很年輕，我在一家鞣革廠當祕書，你爸爸常來跟我的前老闆開會，我跟他聊過好幾次。」

瑪麗再次告訴他父親從前是個衣冠楚楚的大帥哥，「跟你一樣，馬可仕」，每個女職員都對他拋媚眼，但他一點反應都沒有，連瞧她們一眼都沒，「因爲看得出來你爸眼裡只有你媽媽，看得出來他戀愛了」。瑪麗再次說著他的父親從前總是和藹可親，很尊重他人，一眼就看得出來是個好人。

他小心地捧起瑪麗的雙手，然後吻了一下。

「謝謝妳，瑪麗，妳好一點了嗎？介意我去跟克里格談一下嗎？」

「去吧，親愛的，這件事很緊急，得趕快解決。」

「需要什麼就通知我一聲。」

瑪麗站起身，在他的臉頰用力吻了一下，擁抱他。

他進入克里格的辦公室，坐下。

「慘不忍睹，被他們搶走那麼多牲口，害我們損失很多錢。不過，小路易斯的事才眞的恐怖。」

「嗯，得打電話通知他老婆。」

「交給警方去處理，他們會當面通知她。」

「知道到底發生什麼事了嗎？貨車是自己翻車的，還是被他們翻倒的？」

「我們得檢查監視器錄影畫面，但應該是被他們翻倒的。根本來不及反應。」

「通知出事的人是歐斯卡嗎？」

「嗯，今天他當班，看見出狀況，馬上打了電話給我。才不到五分鐘，這些王八蛋就開始大開殺戒。」

「所以是策劃好的。」

「看來如此。」

「現在他們知道可以這麼做，之後會再犯。」

「對，我就是怕這一點，你有什麼建議？」

他不曉得該回答什麼，或者其實曉得，這一切再清楚不過了，但他不想回答。

胸膛石子的碎片在他的血液裡燃燒。他回想起那名在柏油路上拖著手臂的小娃兒，陷入沉默。克里格焦慮地看著他。

他試著回答，但開始咳嗽，感覺石子的碎片積在他的喉嚨內，燒灼他的喉嚨。他好想帶著小茉遠走高飛，好想人間蒸發。

「我只想現在過去把他們全殺了，得消滅這些人渣才行。」克里格說。

他看著克里格，感覺到有一股夾雜怒氣的哀傷感染了他。他咳個不停，感覺石子碎片剝落，變成沙子，卡在他的喉嚨內。克里格倒了一杯水給他。

「你還好嗎？」

他想告訴克里格自己不好，想告訴他石子碎片在他體內燒灼他，那個餓得半死的小娃兒的畫面在他腦中揮之不去。他喝了口水，不想回答克里格，但還是說：

「抓幾頭牲口，下毒，再扔給他們。」

他陷入沉默，遲疑了一會兒，但接著說：

「幾星期後我會吩咐下去。必須等他們先把這次搶來的肉吃完，不然他們會起疑心。他們才剛襲擊我們，現在就把牲口丟給他們，也太奇怪了。」

克里格緊張地看著他，思考了幾秒鐘後，露出微笑。

「嗯，這主意不錯。」

「這樣一來，要是他們中毒身亡，很明顯就是吃了搶來的肉，沒有人可以指控我們。」

「得交給信得過的人去辦。」

「等時機成熟，我來處理。」

「可是警方馬上就要到了，很有可能會逮捕他們。我不認爲有必要。」他討厭自己如此有效率，但依舊不停回答、不停解決問題、不停幫肉品加工廠尋找最佳解決方案。

「是要逮捕誰？這一百多名生活在貧困邊緣的人嗎？他們怎麼知道殺死小路易斯的人是誰？要歸咎於誰？要是殺死小路易斯的那人被監視器拍到了，那還說得過去，但他們需要非常多時間才查得出來。」

「你說得有道理，警方可以逮捕兩、三名食腐客，但剩餘的會繼續給我們惹麻煩。話說回來，我們需要多少頭牲口才可以殺光他們？」

「不是殺光他們，而是殺到夠多的量，其他人就會離開了。」

「的確。」

「這些人是法外之徒，大概連身分證都沒有，調查會持續個好幾年。這期間他們會翻倒更多貨車，因爲他們已經知道怎麼做了。」

「明天我派人全副武裝接貨車進廠。」

「嗯，這樣也是一個辦法，不過我不認爲他們會冒險。」

「你沒看見他們那張像野人的臉。」

「不，我看見了，但他們明天大概很累，而且吃飽了。不過，我也認爲派人全副武裝不失爲一個好主意。」

「好，我有信心這麼做會奏效。」

他沒有回答克里格，跟他握手後，說他要回家了。克里格說好，快回家吧，當然可以回家，抱歉偏偏在這時候打電話把他找來。

離開肉品加工廠的路上，他又看見被破壞的貨車、漸漸靠近的警車藍色警示燈光，以及灑落在柏油路上的鮮血。

他想爲食腐客感到難過，想爲小路易斯的命運感到難過，但他什麼感覺都沒有。

19

他回到家，直接來到小茉的房間。他一整天都沒有透過手機監控牠，打從安裝監視器後，這還是他頭一遭忘記檢查小茉的狀況。

他打開房間的門，看見小茉躺著，一臉疼痛的表情，摸著自己的腹部，睡衣沾滿了污漬。他狂奔跑向小茉，看見床墊被一種墨綠色的液體弄濕了。他大喊：

「不！」

他在孕婦相關的書中讀過，知道如果羊水是綠色或褐色，表示胎兒出問題了。他不曉得如何是好，只能抱起小茉，把牠帶到他自己的床上，讓牠躺得比較舒服。這時他拿起手機，打了電話給塞希莉雅。

「我需要妳現在馬上過來。」

「馬可仕？」

「開妳老媽的車，馬上給我過來。」

「可是，發生什麼事了？」

「馬上過來，塞希莉雅，我現在需要妳在。」

「可是，我不懂，你的聲音聽起來不一樣，我都要認不出你了。」

「我沒辦法在電話中跟妳解釋，我需要妳馬上過來，懂嗎？」

「好吧，嗯，我現在就出門。」

他知道塞希莉雅會花一點時間。娘家不在市區，但也沒那麼遠。

他跑到廚房，拿了幾條抹布，把抹布弄濕，把冰冰涼涼的抹布放在小茉的額頭上。他試著爲小茉做超音波掃描，但查不出有任何異狀。他摸了摸小茉的肚子，說：「沒事的，小寶寶，沒事，你會好好地出生，一切都會順利的。」他餵小茉喝了點水，不斷重複說著「沒事的」，因爲他的兒子有生命危險。他沒辦法起身準備分娩所需的物品，比方燒熱水。他一動也不動，用力抱住小茉。時間每過一分鐘，小茉就顯得更加面無血色。

他看著床頭上掛著的畫、母親非常喜歡的那幅夏卡爾的畫。不知怎地，他向母親禱告，祈求母親不論身在何方，都幫他一把。

他聽見車子的引擎聲，狂奔到屋外。他抱住塞希莉雅。塞希莉雅向後退開一步，詫異地看著他。他抓住塞希莉雅的手臂，拉著她進門前，對她說：

「我需要妳敞開心胸，把妳的感受放到一旁，扮演我認識的那個專業護士。」

「我不懂你這是在說什麼，馬可仕。」

「來，我帶妳看，求妳幫幫我。」

兩人進到房間，塞希莉雅看見床上躺了一個女人、一個孕婦。塞希莉雅看了他一眼，眼神有些哀傷、驚訝且有些不安，接著更靠近一點，看見女人額頭上有烙印。

「這母人在我的床上做什麼？爲什麼你沒有打電話找專業人士？」

「牠懷的是我的兒子。」

塞希莉雅反感地瞪了他一眼，退開幾步，抱著頭蹲下，彷彿突然血壓降低。

「你瘋了嗎？你想被送去市立屠宰場嗎？你怎麼可以跟母人搞在一起。有病。」

他靠向塞希莉雅，攙扶她起來，抱住她，接著對她說：

「羊水是綠色的，塞希莉雅，胎兒要死了。」

這幾句話彷彿是咒語，塞希莉雅突然站起身，叫他開始燒水、拿乾淨的毛巾、酒精和更多枕頭過來。他在家中東奔西跑，尋找塞希莉雅要求的物品，而塞希莉雅爲小茉做檢查，試著安撫牠。

分娩持續了好幾個小時。小茉出於本能地用力推，但塞希莉雅無法讓小茉理解她的意思。他試圖幫忙，但他感受到小茉的恐懼，動彈不得，只開口說：「沒事的，一切都會順利的。」塞希莉雅大喊說她看得見一隻腳。他心急如焚。塞希莉雅叫他出去，說他害她們倆很緊張，分娩會很困難，叫他去外面等。

他站在房間的門後，耳朵貼在木門上。沒有叫聲。他只聽見塞希莉雅說「加油，小媽媽，用力推、用力推，加油，妳辦得到，再用力一點，要出來了，加油，小媽媽，加油，加油」，彷彿小茉聽得懂她在說什麼。接著房內陷入一片死寂，時間過了兩分鐘，他聽見塞希莉雅大叫：「不！加油，寶寶，翻過來，加油，小媽媽，用力，加油，就差一點，就差一點。看在老天的份上，幫幫我，別給我死，媽的，有我在不准妳死，加油，小媽媽，加油，妳可以的。」有好幾分鐘的時間他什麼都聽不到，最後聽到一陣哭聲。這時，他走進房間。

他看見他的兒子被塞希莉雅抱在懷中。塞希莉雅渾身是汗，頭髮凌亂，但臉上掛著笑容，容光煥發。

「是男生。」

他走上前，接過寶寶，將寶寶抱在懷裡搖了搖，吻了一下。寶寶哇哇大哭。塞希莉雅說必須剪斷寶寶的臍帶，必須清洗他，把他裹起來。塞希莉雅邊說邊哭，激動不已，幸福洋溢。

寶寶清潔完成、冷靜下來後，塞希莉雅把寶寶抱給他。他看著寶寶，難以置信，好漂亮，他說，眞的好漂亮。他感覺石子的碎片變小了，沒那麼厚實了。

小茉躺在床上，伸長雙臂。他和塞希莉雅無視小茉，但小茉張大嘴巴，揮舞著雙手，試圖起身，起來時，臀部撞到床頭櫃，檯燈應聲倒下。

他和塞希莉雅不發一語地看著小茉。

「再拿幾條毛巾和水過來，替牠清洗一下，再把牠帶去畜棚。」塞希莉雅對他說。

他起身，把他的兒子傳給塞希莉雅。塞希莉雅一面搖著孩子，一面對他哼歌。他對塞希莉雅說「他現在是我們的孩子了」，塞希莉雅看著他，既激動又困惑，回答不出話來。

塞希莉雅只看著寶寶，沉默地哭泣，愛撫寶寶，對他說：「好漂亮的小寶寶唷，好可愛的小男孩唷，我們要幫你取什麼名字呀？」

他來到廚房。回來時，右手握著某個東西。

小茉心急如焚，只伸長手臂，想要觸摸牠的孩子，試圖再次站起身，被地板上的檯燈玻璃碎片刺傷。

他站到小茉背後。小茉絕望地看著他。他先是抱住小茉，親吻牠的烙印，試著安撫牠，接著跪下來，對小茉說「放心吧，一切都會沒事的，放心吧」。他用其中一條濕抹布擦拭小茉額頭上的汗水，在牠耳邊哼〈夏日時光〉。

小茉稍微冷靜後，他站起身，揪住小茉的頭髮，抓住牠的頭。小茉只是揮舞著雙手，試著擁抱牠的孩子，想要說話、大叫，但發不出聲音。他舉起從廚房拿來的槌子，往小茉的額頭一敲，直直打在烙印的正中心。小茉失去知覺，昏迷倒地。

塞希莉雅被敲擊聲嚇了一大跳，看著他，摸不著頭緒，對他大吼：「爲什麼?!牠原本可以替我們多生幾個孩子的。」他一面把母人拖向畜棚準備屠宰，一面回答塞希莉雅，嗓音散發光芒，白皙得刺眼：「牠有家畜那種像人類的眼神。」

致謝

謝謝莉莉安娜・狄亞茲・敏篤莉（Liliana Díaz Mindurry）、菲力克斯・布魯松內（Félix Bruzzone）、嘉布雷菈・佳倍頌・嘉馬拉（Gabriela Cabezón Cámara）、彼辣・巴斯特里卡（Pilar Bazterrica）、里加多・烏薩・嘉西亞（Ricardo Uzal García）、卡蜜拉・巴斯特里卡・烏薩（Camila Bazterrica Uzal）、盧卡斯・巴斯特里卡・烏薩（Lucas Bazterrica Uzal）、胡安・克魯斯・巴斯特里卡（Juan Cruz Bazterrica）、丹妮耶菈・貝尼特斯（Daniela Benítez）、安東妮雅・巴斯特里卡（Antonia Bazterrica）、嘉斯帕・巴斯特里卡（Gaspar Bazterrica）、費爾明・巴斯特里卡（Fermín Bazterrica）、費南妲・納瓦茲（Fernanda Navas）、蕊塔・皮卡森提尼（Rita Piacentini）、貝米・費澤貝恩（Bemi Fiszbein）、帕梅菈・特爾麗茲・普里娜（Pamela Terlizzi Prina）、亞雷翰德拉・凱勒（Alejandra Keller）、勞拉・麗娜（Laura Lina）、莫妮卡・

皮亞薩（Mónica Piazza）、奧古斯蒂娜·嘉里德（Agustina Caride）、瓦雷利亞·柯瑞拉·費茲（Valeria Correa Fiz）、馬彼·薩拉裘（Mavi Saracho）、尼可拉斯·霍屈曼（Nicolás Hochman）、岡薩洛·嘉爾維斯·羅馬諾（Gonzalo Gálvez Romano）、狄亞哥·托瑪西（Diego Tomasi）、阿蘭·歐黑打（Alan Ojeda）、馬可斯·烏達彼耶塔（Marcos Urdapilleta）、瓦倫提諾·卡貝羅尼（Valentino Cappelloni）、胡安·歐特羅（Juan Otero）、胡利安·彼格納（Julián Pigna）、阿雷荷·米蘭達（Alejo Miranda）、貝娜爾蒂妲·克雷斯坡（Bernardita Crespo）、拉米洛·阿塔米拉諾（Ramiro Altamirano）、維維·瓦德士（Vivi Valdés）。

謝謝我的父母，梅塞德斯·荷內斯（Mercedes Jones）及赫黑·巴斯特里卡（Jorge Bazterrica）。

謝謝馬里亞諾·波洛比歐（Mariano Borobio），一直以來都是。

Trans+

Trans+